我的"弹弓"去哪了

Where's
My Slingshot
-
By
Lishan

立山 著

CNS | 湖南人民出版社 · 长沙 ·

本作品中文简体版权由湖南人民出版社所有。
未经许可,不得翻印。

图书在版编目(CIP)数据

我的弹弓去哪了 / 立山著. — 长沙:湖南人民出版社,2022.7
ISBN 978-7-5561-2928-7

Ⅰ.①我… Ⅱ.①立… Ⅲ.①长篇小说－中国－当代 Ⅳ.①I247.5

中国版本图书馆CIP数据核字(2022)第084859号

我的弓弓去哪了
WO DE DANGONG QU NA LE

著　　者:	立　山
选题策划:	领读文化
产品经理:	领读-木子
责任编辑:	田　野
责任校对:	丁　雯
装帧设计:	UNLOOK

出版发行: 湖南人民出版社有限责任公司 [http://www.hnppp.com]
地　　址: 长沙市营盘东路3号　邮编: 410005　电话: 0731-82683313
印　　刷: 长沙超峰印刷有限公司
版　　次: 2022年7月第1版　　　　　　印　次: 2022年7月第1次印刷
开　　本: 880 mm × 1230 mm　1/32　　印　张: 8.75
字　　数: 150千字
书　　号: ISBN 978-7-5561-2928-7
定　　价: 49.80元

营销电话: 0731-82683348(如发现印装质量问题请与出版社调换)

目录

序言
我们的"童年"去哪了(林少华)……1

蝈蝈笼子……003

印模……025

弹弓……049

柳笛……073

四角……097

沙包……119

兵器……153

火柴枪……179

小偷上房……211

风筝……237

后记……255

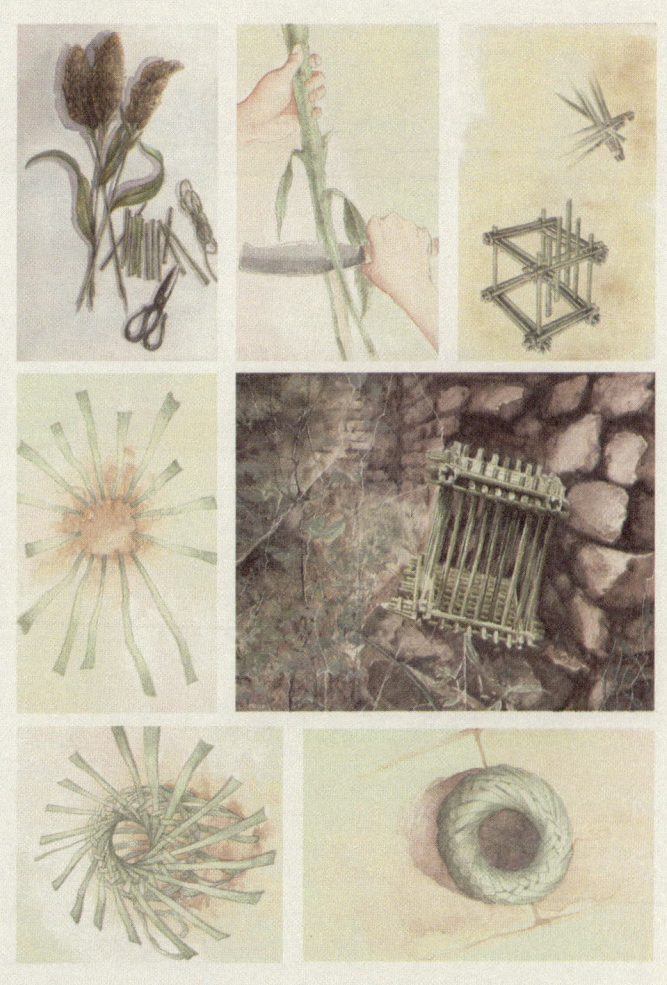

编蝈蝈笼子，是一件浩大的工程。我时常怀疑，这么大的工程，全世界是不是只有我一个人在做。

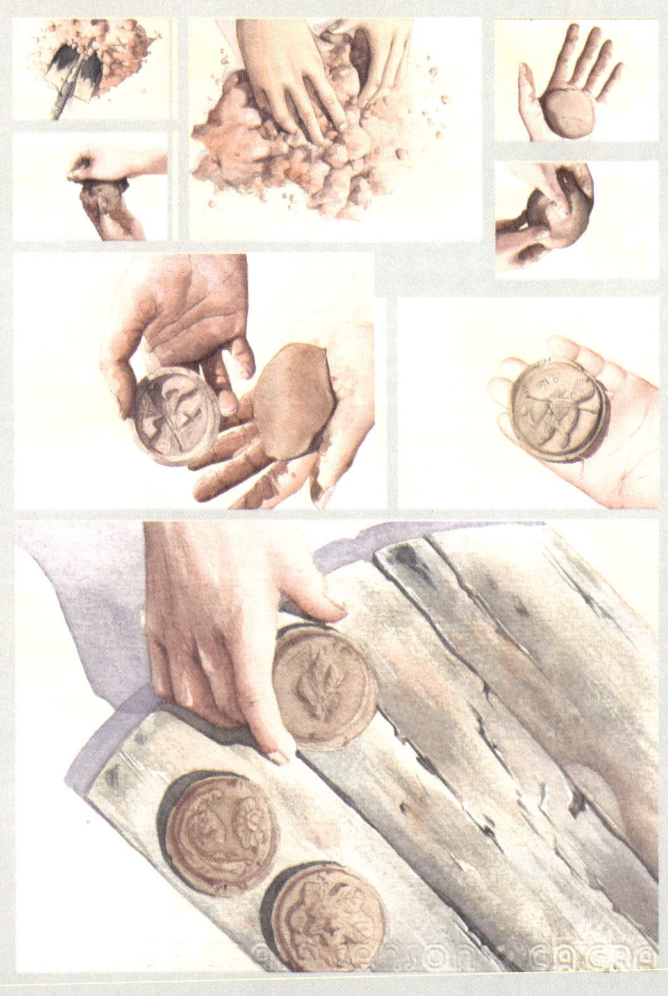

我不声不响开始了自己的赚钱计划。屋顶上晾晒的印模越来越多,我还在不停地拓。

　　每棵树上都长满了树杈，可是适合做弹弓架子的并不容易找到。它们不是太粗就是太细，要么长在有刺的槐树上。

那天上午我们都有了一堆柳笛,短短的,像绿色的铅笔头。

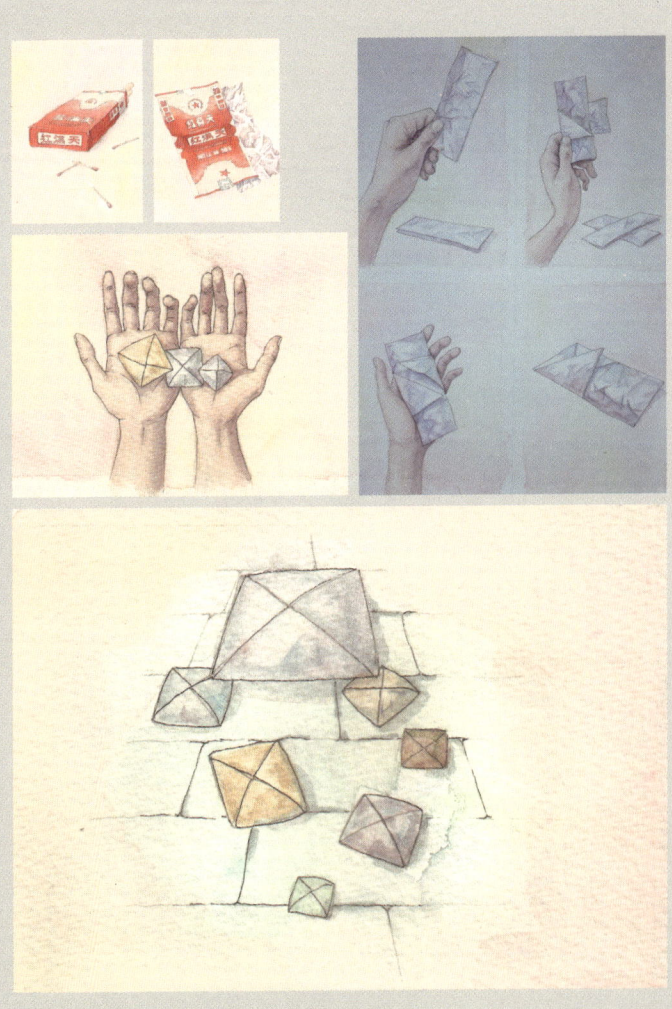

花花绿绿的纸和银色的锡纸,叠出来的是银色和花花绿绿的四角……太阳照在上面,会闪光。

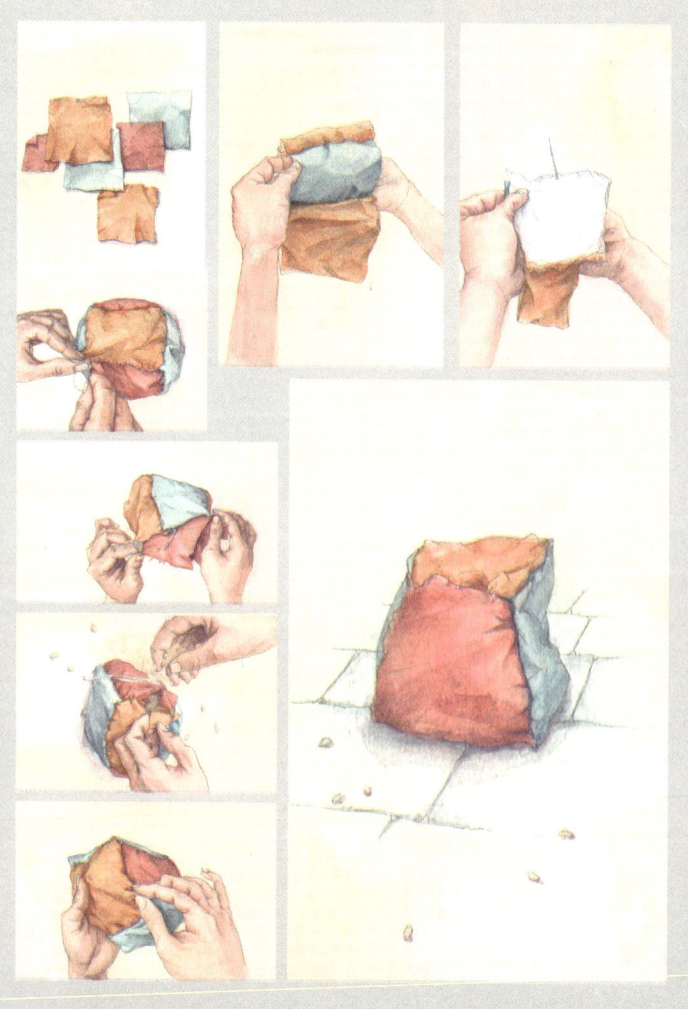

那些用六块布缝成的沙包,我自然是学不会的,太复杂。两块布的那种应该不至于太难吧,就像枕头一样……

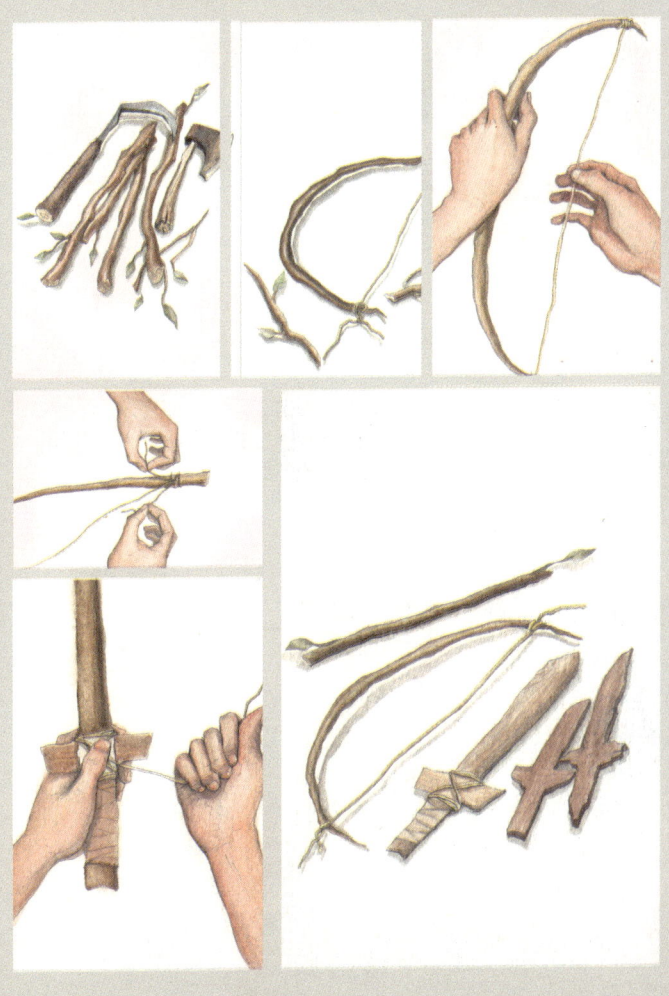

和武术队的兵器比起来,我那一堆刀剑就是一堆烂木头……

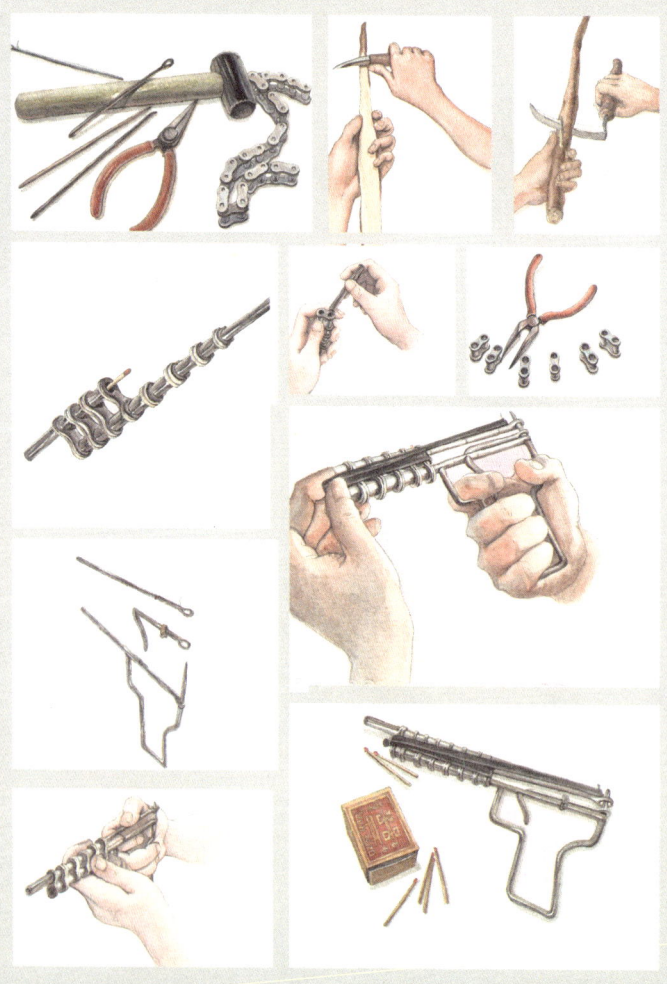

那把原本有点歪斜的火柴枪焕然一新。父亲不仅在磨刀石上磨好了撞针,把枪把做得更好看,还在下面拴了一根红布条。

我们开始折其他东西：纸飞机、纸老鼠、纸青蛙、纸鸭子……黄昏来临时，我学会了折"小偷上房"。

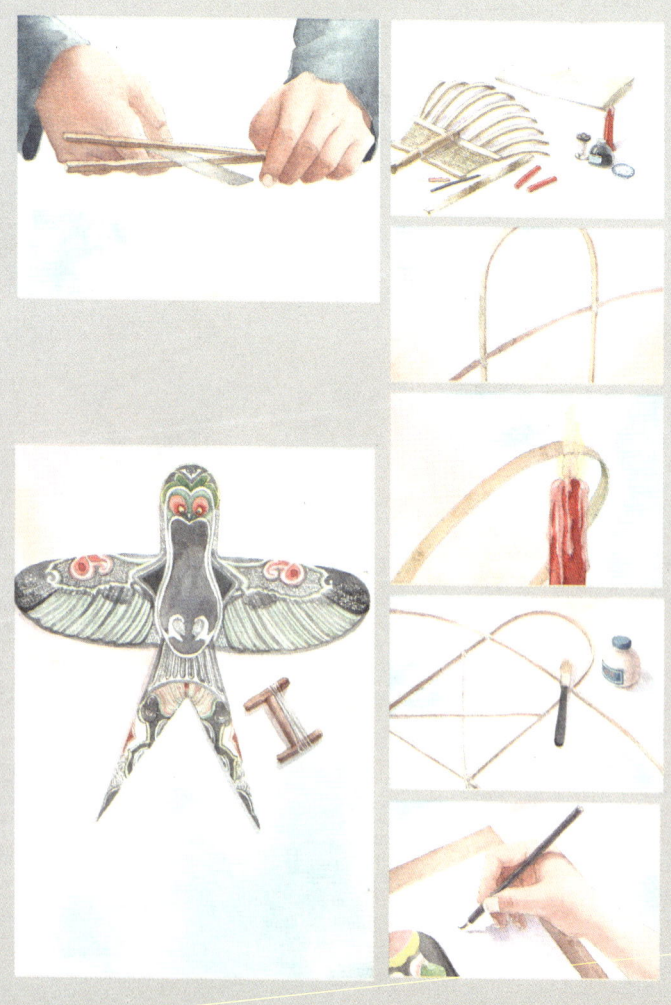

满院子的燕子风筝,一排排整整齐齐躺在地上,糊着干干净净的白色绵纸。

插图绘制:北京印刷学院人文与未来设计创新中心

序言

我们的"童年"去哪了

林少华

《我的弹弓去哪了》是立山君的新作。我想我有可能是这部新作的"首席"读者——没等制作成书我就看了。看的目的是应邀写序。立山和我年纪相差许多,也谈不上有私交。那么他为什么约我这个正在老去和落伍的翻译匠写序呢?想得起来的根据只有一个:我和他都出身乡下,都是从玉米地里钻出来,接着"钻"进城里的。因此他坚信我小时玩过弹弓,肯定知道弹弓去哪了。事实上我也玩过弹弓。乡下的孩子有谁没玩过弹弓呢?至于我的弹弓去哪了,我无从知晓,也不感兴趣。但了解一下别人的弹弓去哪了倒也未尝不可,至少没什么害处。何况,较之抓耳挠腮翻译和研究彼国村上春树的"没有女人的男人们",远不如随手翻看"没有弹弓的男人们"让人积极向上。于是我装出城里人"百忙之中"的样子答应下来。

昨天一口气看完的。看着看着，竟忘了写序这个看的目的，只顾看了。实不相瞒，只顾看这种状态于我是不多的。看，不是为了翻译就是为了研究，抑或为了评审打分。而现在只顾看了。为了写序，只好重看一遍。也才明白只顾看的原因。

第一个原因，说出来你可能不信，就是书中几乎没有形容词。从头到尾很难找出几个像样的形容词。这让我感到诧异。说起来，我是"言而无文行之不远"的铁杆信奉者。没有文采，那还叫文、还叫文章吗？实际上文采也是我对自家行文的一个自信，一个自鸣得意之处。促成文采的手法之一，就是爱用形容词。若将形容词从我的文章中剔除干净，文章势必分崩离析、溃不成军。然而立山这本书偏偏不用形容词。不用形容词却又把多用形容词的我吸引住了，使得我只顾看个没完。对此只有一种解释：不用形容词也可以是好文章！

空口无凭，举例为证。

他只比我大一岁，高一点点，很瘦，像根棍子，所以他不打架。如果打架，就是别人揍他。孩子们还是很喜欢打架的。放学后，校园里经常有人围成几堆，分开打，打哭为止。（《印模》）

那条小路上，有一条很大的狗。虽然它很少露面，但我每次经过都能听见它的叫声。有一次它终于和我迎面相遇，我看着它蹲在人家门口，吐着大舌头哈哈喘气，吓得一动也不敢动。它好像特意在那里等我，也没别的意思，就是为了看我出丑。（《印模》）

如何？没有形容词吧？一句句就像雪地里的一根根棍子，清清楚楚，利利索索，直来直去。同时又不乏质感、存在感、临场感，就"在那里等我"、等你。甚至，他就是你，全然"不隔"。而这正是好的文字应有的品格。

即使形容最容易用形容词的月亮和雪，也几乎不用形容词。

那时月亮已经出来，像个圆灯笼，挂在东边的树枝上，慢慢腾腾往天上爬。（《火柴枪》）

阴了好久的天气终于没忍住，大年三十一早，天上就飘起了雪花。中午时，地上的雪已经厚得埋住脚了。（《弹弓》）

常言说"风花雪月"，从古到今，形容雪月的形容词不知凡几，大可信手拈来。可是作者横竖不用，一味白描。这当然不是因为作者不知道那类字眼，而是——我猜想——是因为他完全返回了故乡，返回了童年。不，不是返回童年，而是缩回童年，是还原，是在场。他直接以儿童的眼睛、儿童的心智观察、感受、述说童年的一切。唯其如此，才几乎不用形容词，也用不得。你想，一个乡下毛孩子能知道几个形容词呢？而另一方面，简洁即是美。

这是吸引我、让我只顾看的第一个原因。那么第二个原因呢？应该说，倘作者一味平铺直叙，一味白描下去，一味表现他是个乡下普普通通的"淘气包"，读完一半也就意兴阑珊了。可贵的是，普通之中有不普通，平常中有不平常，共性中有个性。作为语言个性，白描之中曳出些许幽默、机警和睿智；作为儿童立山的个性之一，在我看来是他对声音分外敏感。仅以描写季节的为例：

我最喜欢春天。春天总是慢悠悠的，像一个人蹑手蹑脚走路，声音很小，几乎察觉不到。当你听到时，它已经来了。（《柳笛》）

秋天快来了，我能闻到它的气息，也能听到它的声音。我说不上来那是些什么东西，但一阵风吹过，我就能感觉到。我猜别的孩子没有这些本事，弟弟也没有，

他到了玉米田里，就会到处寻找那些没有带枪的玉米，费力拽断了，当甘蔗去啃。（《蝈蝈笼子》）

冬天是最安静的季节，大部分时间里，只有风不知疲倦地经过。风会拍打门帘，摇晃树枝，使劲转动枣树上的木风车。没有叶子的树林常常发出阵阵呼啸，像野兽在喊叫。野兽休息的时候，村庄一片寂静。如果赶上落雪的深夜，连狗都不再出去巡逻，也懒得再叫，除了雪花压着老枣树枝发出的极小的咔嚓声，什么都听不见。（《柳笛》）

那时作者在上小学三四年级。三四年级的孩子对声音，尤其对季节这一观念性物象的声音那么敏感，我想是不多的。这种本事，我猜别的孩子也没有。是的，一般孩子关心的是更实际、更具体的东西，像"弟弟"那样找没结棒的玉米秆当甘蔗啃。然而必须说，恐怕正是这种不同于别的孩子的特殊敏感成就了日后的文化人立山。就我自己来说——非我刻意显摆——小时候固然差不多和别的孩子一样打弹弓、吹柳笛和耍枪弄棍，但玩完之后，往往对着清晨房后的杏花和房前月光下的垂柳发呆，一边发呆一边琢磨形容词。借用书中的话，"我猜别的孩子没有这些本事，弟弟也没有"。肯定没有，弟弟想的更是过些日子如何爬树摘杏吃。这种感同身受之处，也是这本书吸引我的地方。我想这也是这本书给读者的一个启示：在某种意义上，成就日后一个人的，未必是儿时的雄心壮志，也未必是死用功，而是不同于人的某种微妙心理元素。那东西需要及早发现和呵护。

"我的弹弓去哪了？"读罢掩卷，我隐约感受到，立山君真正追问和寻觅的，恐怕并非"弹弓去哪了"，而是乡愁去哪了？乡下和乡下人去哪了？乡下人代表的自然、率真以至野性去哪了？一句话，我们的"童年"、人类的"童年"去哪了？

一本值得读的书。

于窥海斋

时青岛迎春初绽烟雨迷蒙

谨以此书

献给我的家人和小白

献给消逝的童年和故乡

蝈蝈笼子

一

整个夏天我都在编蝈蝈笼子，一个又一个，大小不一的蝈蝈笼子，像灯笼一样，被我挂在屋檐下。有时候，路过院子的风会停留片刻，把它们晃来晃去。老祖母佝偻着腰，从屋檐下经过，会费力地抬起头看一眼。

"怎么只有笼子，没有蝈蝈啊？"

我不知道她是在问我，还是在自言自语。

老祖母总是自言自语。她喜欢搬一个矮矮的凳子，坐在屋檐下，手里拨弄着不知什么物什，对着空旷的院子说话。我总觉得她是在对某个人说话,而那个人我看不见。有一次,我听见她叫着祖父的名字,大声斥责,骂他不该偷吃她的饼干,而那时祖父正在隔壁人家打纸牌。所以,无论她说什么,我都不会抬起头来,除非她大声喊我的名字,告诉我水开了,快点去把铁壶从炉子上搬走。或者,问我门外的叫卖声,是卖黄瓜还是桃子。

我的地盘在院子南部,一棵高大的枣树下。阳光穿过枣树稀疏的枝叶,在泥土上摆出数不清的图案。我披着那些图案,做我的蝈蝈笼子。

我不在乎有没有蝈蝈,我只想编蝈蝈笼子。

整个夏天,我翻遍了村庄西边的所有玉米田,寻找混在玉米中间的高粱,这是编蝈蝈笼子的唯一的原材料。而编制一个蝈蝈笼子,需要至少八十棵高粱。我会在无人注意的时刻,钻进玉米田里,飞速把那些高粱扳倒,折断最上面一截高粱秆,然后像小偷一样溜走。

整个夏天我都像小偷一样忙忙碌碌,一次次把高粱秆运回家里。

村庄东边,我不会去。

那边的地形我不熟悉，而且，自西向东穿过村庄，会遇见许多身材高大的狗，它们会趴在路边，死命盯着我看。有一条毛很长的黄狗，曾经跟着我走了很久，我快时，它就快，我停下时，它也停下。老祖母说，那是条疯狗，疯狗只会走直路，不会拐弯。我后来知道老祖母糊弄我，那条狗不仅会拐弯，而且当我恐惧万分地躲进一条小巷子时，它居然从巷子的另一头出现，堵住了我的去路。

所幸我们家后来养了一条黑色的狗，它跟着我四处游荡，遇到那些盯着我看的狗时，它会威胁它们，把它们吓走。我曾经想给它起个名字，却不知道该叫什么。那时候电视里在演一个似乎永远都演不完的外国电视剧《警犬卡尔》，于是我那拖着鼻涕的弟弟说："叫卡尔吧。"可是那时候村子里很多狗都叫卡尔，我很怕它会被别的孩子喊走。

后来我对弟弟说："叫黑子怎么样？"

弟弟吃力地抹了一把鼻涕，瓮声瓮气地说："行吧。"

整个夏天，黑子跟着我，看我悄悄扛了许多高粱秆回来，整齐地堆放在墙角里，然后用麻袋小心盖上。我藏这些高粱秆时很小心，尽量不让弟弟看见，如果他看见了，一定会向父母告发。他时常干这样的事。有一年秋天，我为了收集豆子，到别人豆田里砍了一些豆秧回来，藏在东屋房顶上。那天晚饭时，弟弟无数次望向东屋房顶，显得心事重重，我咳嗽了好几次都不管用，他还是出卖了我，结果我被父亲狠狠训斥了一顿，挂满豆子的豆秧们也理所当然被没收了。

要想编蝈蝈笼子，必须保证这些高粱秆的安全。弟弟和我一样，很清楚这一点，他不止一次对我说："立山，要是被发现了，你还得挨骂……你那些画片……那个孙悟空，是不是可以给我一张？"

我一巴掌打到他头上，他撇撇嘴，差点儿哭出来。

谁让他喊我名字。

那些《西游记》贴画，就是我收集豆子的所有目的：我收集豆子，然后委托祖父帮我卖掉，用得来的钱，在村庄唯一的小卖部里买回那些贴画。

我狠狠心，满足了弟弟的勒索。但我不会给他孙悟空，给了他一个妖怪，金角大王。

那时我常常想，要是弟弟和黑子一样不

会说话,该多好。

二

编蝈蝈笼子,是一件浩大的工程。我时常怀疑,这么大的工程,全世界是不是只有我一个人在做。这个念头有时让我暗暗得意,好像比别的孩子伟大许多。可是有时候,我又觉得整天蹲在枣树下吭哧吭哧地捣弄这些高粱秆,看起来似乎很蠢。

我要准备一把剪刀,一把斧头,一些棉线,还有一盆水。

我用剪刀把那些挑选好的,看起来粗细均匀的高粱秆,小心剪成一样长短的八十根,少一根都不行。剪不动的,就挥起斧头砍。然后,我要把它们浸在水里,等它们软一点,才能用棉线把它们捆在一起。

弟弟会像黑子一样,蹲在旁边看一会儿,或者偶尔伸手摸一下。我照例粗声大气地告诉他,不许摸。看一会儿,他就走了,拖着巨大的凉鞋,不知道去了哪里。黑子也昏沉沉地睡去,偶尔抬起头,转一下耳朵,警觉地听一听门外的动静。

斧头砍在地上的声音，很闷，砰、砰、砰。

黑子已经习惯了，装作听不见。可是老祖母总是能听见，她那么大年岁了，腰弯得像一张弓，耳朵却好用得很。

"你又偷拿斧头了吧，小心你爹回来揍你……剪刀也是很容易剪到手的，成家的老四，不就剪掉了半个手指头？看看那些棉线，被你揉成了一团泥，还能做鞋子吗……你总是不听话，你手上的疤，你想想吧，你那时哭成什么样子了，还缝了两针……"

她一定记错了，我手上那个像老鼠一样的疤，是镰刀割伤的，跟斧头和剪刀没有半点儿关系。那年我爬上院墙，把镰刀绑到竹竿上，去割椿树子，结果竹竿滑下来，我右手的虎口上就多了一道长长的疤。我记得大伯用缝衣服的针缝住了那道伤口，没有上任何麻药。拆线的时候，我在地上打着滚儿哭。

"就像驴一样。"

事后，大伯总是这么哈哈笑着说。

其实镰刀也可以派上用场的，当我用棉线把泡软的高粱秆捆好之后，镰刀可以把参差不齐的两端削平。可是镰刀让我吃过那么大的苦头，看见镰刀我就觉得虎口发疼。

一阵风吹过,院墙外的大杨树啪啪啪地拍起手来,老祖母的声音就淹没在风里了。她坐在屋檐下的小凳上,一定眯着眼,继续拨弄着手里的不知什么东西。

那一大团棉线已被我搞得一团糟,棉线头儿扔满了一地。

我要先剪下一小段棉线,一头叼在嘴里,另一条缠在指头上,把四根粗细长短一样的高粱秆捆扎起来。不能捆得太松,否则它会散开;也不能捆得太紧,太紧了,就不能在缝隙中插入其他高粱秆……这是蝈蝈笼子地板的框架,由十六根高粱秆交织而成。屋顶也是一样。

我要先把地板和屋顶的框架编好,然后再用高粱秆把它们连接起来,就像四根柱子。最后就省事啦,用其余的四十六根高粱秆,一根根填进去就行。

整个工程中,地板和屋顶最麻烦,会用掉整个上午的时间,而且经常要返工,拆了重来。

快到午饭的时刻,连黑子也厌倦了,它爬起来,伸个懒腰,到街上去了。不久,外面就传来黑子的叫声。如果很凶恶,就是在打架,如果很高兴,就是父母从田里回来了。我会飞快收拾起所有东西,把地上打扫干净,并且在父母走进院门之前,把餐桌在枣树下支好。

午餐时,弟弟的嘴巴总是说个不停:"你的笼子怎样了?"

父亲看了我一眼,我装作没听见,只管闷头吃饭。

"立山,别编了,牵着兔子去吃草吧……"

这时候,母亲会提醒他:"不能叫名字,要叫哥哥。"

我知道,就在我努力编蝈蝈笼子的这个上午,弟弟一定又和铁山他们混到一起了。铁山一定牵着他的羊,在学校西边的树林里走来走去,他一定会掀起羊的尾巴,指给那群混小子:"看,这就是羊蛋。"还有三哥,也会扛着他的木头弓箭,装模作样在林子里射麻雀。我从来没见他射准过什么。

可是羊蛋的模样,我还真想看看……

三

第一个蝈蝈笼子完工后,我提着它到街上晃悠了一圈。

一个老头子说:"嗯,很不错啊,就是小了点……我小时候编的,比你这个可大多了。"我没理他。他路都走不稳了,还总是这么夸耀。我猜他是嫉妒我。我还暗暗地想,他是不是快死了,不然,为什么总把死挂在嘴上?

"你们知道人为什么会死吗?"

他开始问了。

一群老头子坐在一根躺着的电线杆上,都不说话,眯着眼听他说。

"因为没气儿了啊。"

然后就是哈哈大笑,笑完了没命地咳嗽。

我没工夫听老头子们说死的事儿,只想架着蝈蝈笼子游街。

三哥扛着他的弓箭,见我走过来,立即摆开架势,四处瞄准。我知道他是装的。他也是嫉妒我。果然,他没有忍住,走过来看了一眼,然后立即又摆开架势,四处瞄准。

他一边瞄准一边说:"光有笼子有什么用啊?有胆你去抓个蝈蝈来。"

"你有胆去抓吗?"

"我当然有胆,明天就去抓一个。"

"我明天也去抓,抓一堆,养在笼子里。"

弟弟听了半天,忽然插嘴说:"蝈蝈咬人的……"

三哥说:"咬人也不怕……谁不去谁就没种。"

虽然我有些怕,但不能没种。

铁山牵着羊过来,听见我们发毒誓,也要参加。

我当然希望铁山参加,因为这样可以报仇。我曾经从地里挖了一棵很小的桃树,种在我家院子里,长到一尺多高的时候,被铁山偷偷拔走了。他个子比我高,我不敢和他动手,如果蝈蝈能咬他一口,也算报仇了吧。

铁山想摸一摸我的蝈蝈笼子,我没让。我担心他会故意使坏。

"摸一下又怎样?我让你看看羊蛋。"

铁山伸手去掀羊的尾巴,我赶紧扭过头。

"羊蛋有什么好看的,我还看过驴蛋呢,

比你的羊蛋大多了。"

"可是我摸过羊蛋，你摸过驴蛋吗？"

我眼睁睁看着铁山伸出手，在羊腿间那黑糊糊的一团上摸了一把。那一刻，我觉得自己输惨了，费了一天工夫编成的蝈蝈笼子，在一瞬间输给了羊蛋。

但嘴上不能输。

"驴蛋么，我也是摸过的……"

弟弟立即瞪大了眼睛。

铁山哈哈笑着走了，那被摸过蛋的绵羊，不紧不慢跟在后面。

"我可不信啊！"

他的声音真刺耳。

我垂头丧气走回家里，经过拴驴的木桩时，忍不住停下来看了一眼。驴那一坨还真是大啊，跟两个紫茄子一样……

弟弟说："立山，你真摸过吗？"

我赶紧拔腿走路："滚一边儿去吧。"

后来铁山常常围着我们家的驴转圈，我知道他想瞅准机会摸一下。但他不敢。驴脾气很倔的，保不准就会踹他一脚。我觉得他似乎有点儿相信我是摸过的，心里也就渐渐平复，好像又赢回了面子一样。

那天黄昏，三哥跑到西边的田里转悠了一圈，没有扛着他引以为豪的木头弓箭。玉米田深得像一片海水，他被湮没了，一棵高粱也没寻到。我后来听说了这件事，偷偷乐了半天，他可真笨啊，不会找棵树爬上去看么？可是转念一想，就算他能爬上那些光滑的杨树，也没什么用，那些高粱早已被我扛回家，藏在某个屋角了。

当天晚餐时，我终于没能忍住，冒着被父亲训斥的危险，把蝈蝈笼子摆到了餐桌上。祖父心情很好，拍着我的脑袋狠狠夸奖了一番，我猜他那天在牌桌上手气不错。老祖母和母亲一样，什么都没说，比我小两岁的妹妹不屑地撇了撇嘴。只有弟弟和我，瞪着眼睛，等候父亲的训斥或者夸奖。

父亲抓起蝈蝈笼子，翻来覆去看了半天，说道：

"就是缺一只蝈蝈，明天我帮你抓吧。"

我那悬着的心，终于落了下来。

那天晚上，我把蝈蝈笼子挂到屋檐下，塞了一朵南瓜花进去。老祖母说，蝈蝈最喜欢吃南瓜花。半夜里，我睡不着，总是听见有蝈蝈在叫，"吱吱，吱吱，吱吱"，好像就在屋檐下。

四

海水一样的玉米田，疯了一样四处铺展，到底会铺到哪里去呢？

我常常爬到高大的杨树上，向远方眺望。

村庄北面，走上两里路，才能走到我家的玉米田。再往北，一条高大的防洪堤，伸向我不知道的远方。大堤外面，是一条河，里面有很多鱼，我曾经用一只罐头瓶子，捉住一条泥鳅，养在我家水缸里，后来死掉了；但海潮一家据说在那里捉到过一大盆的鱼，还有螃蟹……再往北是什么模样，我就不知道了。

书上的大海，一眼望不到边，蓝得像天空。

可是玉米田不是蓝色的，它一开始是绿色的，后来会变成黄色。

眼下，玉米田还是绿色的，肥大的玉米棒子像一把把手枪，挂在玉米的腰上，垂着粉色的缨子。

每到这时节，老祖母就按捺不住想到田里去看看。她的腰弯成了九十度，走路很费力气，可她总是想看看地里的庄稼长什么模样。老祖母像小孩子一样试探着问我父亲："大堤沟里的玉米长得怎样？棉花地里虫子多不多？还有豆田，没有被野兔啃完吧？唉，我有好多年没到田里看过了。"

"哪里有很多年，收麦子的时候你就刚去过。"

"那是去年麦熟的时候吧……"

"就是今年，还赶上了大雨，你不记得了？"

"那也有好几个月了……"

带老祖母去田里的任务，照例是要交到我头上的。

我把排子车从墙角拖出来，扫干净，铺上一块草垫子，扶老祖母坐上去，让她抱着我的蝈蝈笼子。我很想把驴牵过来，套上，然后甩一根长长的鞭子，啪，那驴就会慢慢悠悠把我和祖母拉到田里去。它认识路。可是父亲显然不会同意我这么干，我只能变成那头驴子，替它做这份工作。

我拉着车子走在前面，弟弟拉着一根树

枝跟在后面。我告诉他，上坡的时候，他必须帮我往上推，否则车子有可能退回来，或者翻车也说不定，那样老祖母要是摔伤了，责任要算到他头上。

他嘻嘻笑着说："好啊，好啊。"

真背运啊，走过十字街的土地庙时，恰好被铁山撞见。这小子像看见马戏班子一样，笑个不停，笑够了，又冲着我学驴叫："儿啊，儿啊……"弟弟不甘示弱，也冲着铁山叫："儿啊，儿啊……"

唉，该死的驴，的确是这样叫的。

我像一头恼羞成怒的驴子一样，气冲冲拉着排子车向北方猛走。我走得那么快，好像那些土坡都不见了，路上的沟沟坎坎也都突然消失了一样。我咬着牙，一路琢磨该如何报复铁山。冲他学羊叫吗？还是直接扔个砖头砸趴他？要么，就是趁他不注意，把他的羊放走，玉米田那么深，让他去找吧，累死他！

就在这时候，我听见弟弟清脆地喊了一声："驾！"

扭头一看，发现他早已趁我不注意，爬到了车上，站在老祖母的身后。

"给我滚下来!"

"……"

"他是你弟弟,你想吓死他吗?"

这样的语气太熟悉了,每当我呵斥弟弟或者向他伸出一只脚的时候,老祖母的嘴里就会马上蹦出这句话。我知道她的下一句肯定是:"他死了,就没人跟你争家产啦!"

我从来没想过要什么家产,我就住在家里,就够了。

这时候,弟弟忽然尖叫一声:"哥,快看!"

我什么也看不见,而他站在车帮上,看得比我还远。

我把车子停好,爬上去,站到了车帮上。

远处,一排红色的高粱,像火一样,在太阳下闪着耀眼的光。这是我第一次看见红色的高粱。在此之前,我找遍了村庄西边所有的玉米田,搜寻到各种高粱,很粗的,很细的,还有一种高粱像甘蔗一样,身上布满了甘甜的汁水。但我没有见过红色的高粱。我不知道它们竟然躲在村庄的北边,离我们家的玉米田只有几百米。

它们就像火一样,烧得我眼睛疼。

五

抓蝈蝈原来是这么简单的一件事情。

首先要找到蝈蝈。

豆田是最合适的地方,循着蝈蝈的叫声,蹑手蹑脚走去,总能看到它们挺着黄绿色的肚子,趴在某棵豆秧上,振着翅子叫个不停。

"你要是胆子够大,继续往前走,走到够近了,伸手捏住它的脖子。"

父亲说得倒是轻松,可我一想到蝈蝈嘴里的两颗尖牙,就觉得手指头疼了一下。

我把祖母从排子车上扶下来,又搀着她在玉米田边走了一会儿。然后,她在井台边的杨树下坐下来,轻轻念叨什么,而我已经一溜烟跑到豆田里,让父亲兑现他的承诺。

弟弟跟在后面,气喘吁吁。

秋天快来了,我能闻到它的气息,也能听到它的声音。我说不上来那是些什么东西,但一阵风吹过,我就能感觉到。我猜别的孩子没有这些本事,弟弟也没有,他到了玉米田里,就会四处搜寻那些没有带枪的玉米,费力拽断了,当甘蔗去啃。

父亲伸手捉住了一只蝈蝈,我赶紧打开蝈蝈笼子的门,把它关了起来。

"看,就这样,简单吧。"

可是父亲的手那么大,又有那么厚的茧子,而我的手这么小,一个茧子也没有……蝈蝈嘴里有两只巨大的牙齿,张开了像一把钳子,被它咬到肯定很疼……

"真没胆子的话,就这样吧……"

我父亲有很多办法,他是村子里最好的木匠,会做很多家具。他从豆秧上摘了一片最大的叶子,轻轻捏着,抓住了另一只蝈蝈。这是一只母蝈蝈,肚子很大,有很长的尾巴,可是不会叫,发怒时顶多龇牙咧嘴。

"就算它咬你,也是咬到叶子,咬不到手的。"

父亲又去忙他的事情了。

远处的棉花地里,母亲正领着妹妹摘棉花。一朵一朵的棉花,像云彩一样白。

我终于学会了抓蝈蝈,并且一次也没有被咬到。可是整个下午我都安不下心来,那排红色的高粱搅得我心神不宁。

豆田边上,弟弟抱着蝈蝈笼子,大声叫我的名字:"立山,够了吧,二十多只啦。"

明明才五只……

我又捉了一只,第六只。

弟弟说:"立山,够了吧,这下三十只了。"

我伸手在他脑袋上打了一下。

"让你喊我名字!"

六

那年暑假,我一口气编了五六个蝈蝈笼子,每个里面都住着一只大肚子蝈蝈。

弟弟不停地往里面塞各种东西:南瓜花、黄瓜、枣树叶子、玉米粒、馒头……等到他准备把一块腌萝卜塞进去的时候,我一脚踢到了他屁股上。

他哭得真惨啊。老祖母又说我想把他弄死,好霸占全部家产。

夜里,蝈蝈们铆足了劲儿地叫,惹得黑子都烦了,摸黑在院子里走来走去。后来它大声叫了起来,然后整个村庄的狗都跟着叫,好像有强盗来了一样。

三哥在发了毒誓的第二天,一直没敢到我家来。那天黄昏,他扛着弓箭,在街头远远看见我拖着排子车回来,就掉头回家了。我听见弟弟对他大声喊:"三哥,你的蝈蝈呢?"

铁山也没来,后来他说他忘了。

两天后,三哥站在我的蝈蝈笼子前,很不屑地说:"笼子太小了,我要是做,就做一个大的,比你的大两个。"

这句话让我很恼火。

我用最后一批高粱秆,做了一个巨大的蝈蝈笼子,而且还是两层的,楼上和楼下各住了两只蝈蝈。这个巨大的工程让祖父叹为观止,他说,这是他见到的第一个两层楼的蝈蝈笼子。他已经这么老了,还没有见过,看来我是天下第一了。

我还学会了做另一种蝈蝈笼子,小小的,圆圆的,用高粱秸秆的皮编成,里面只能住一只蝈蝈,两只就会挤在一起,转不过身来。我把这圆圆的蝈蝈笼子拴在腰上,招摇过市,好像拴着一个酒葫芦。

等到玉米收获的时候到来,天气已经凉了,蝈蝈们不知在何时都已死去。也可能是我记错了,它们没死,只不过被我放生到门外的枣树上了。那些蝈蝈笼子也渐渐受了冷落，堆到了墙角里，我再去看时，它们已经快散架了。

铁山自告奋勇到我家帮忙收玉米，说他会赶驴车。

我父亲当然不会让他赶。赶到沟里怎么办？

我想，他来帮忙恐怕是假的，他是惦记我们家的驴。果然，趁大人不注意的时候，他钻到驴肚子底下，摸了摸驴蛋。

"真软啊。"

铁山嘿嘿笑个不停。

我纳闷驴怎么那么好脾气，为什么不狠狠踹他一脚。

那时，整个村庄的玉米都被砍倒了，一排排躺在地上，像死了的士兵。

不远处，那排红色的高粱还在，只是顶上的高粱秆和穗子已被收走，只剩下躯干，直挺挺站在那里。

我打算央求父亲向那人家要一些红色高粱的种子，明年夏天种在我家田里。

我念念不忘，想做一个红色的蝈蝈笼子。

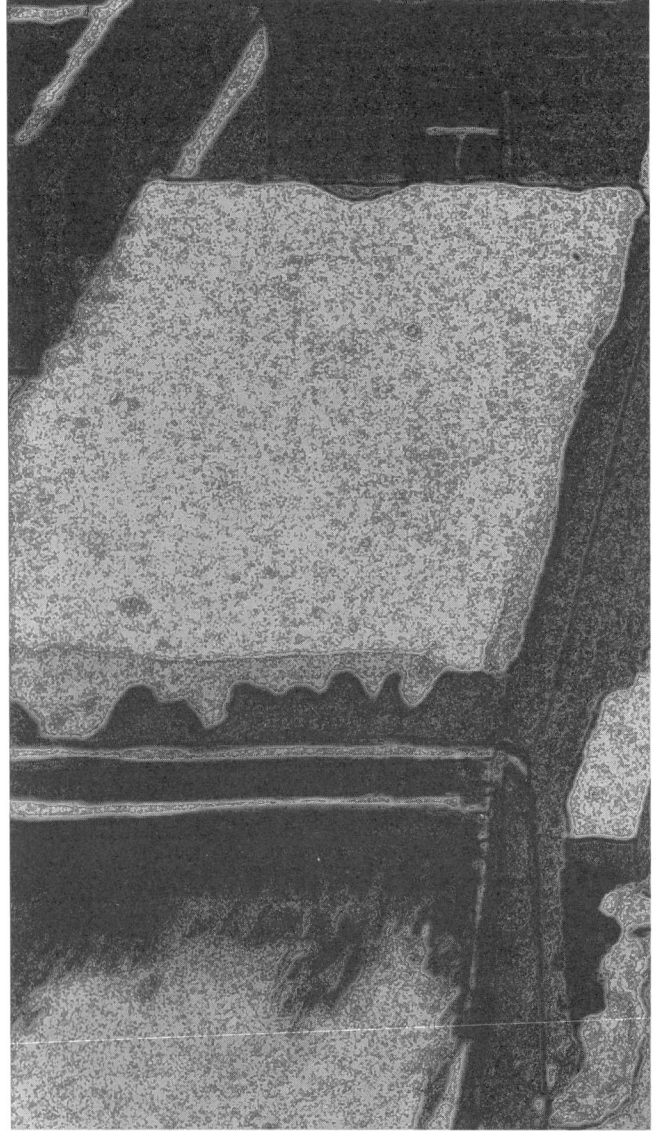

印模

一

有几年，我很怕遇见前磨庄的赵玉增。

他只比我大一岁，高一点点，很瘦，像根棍子，所以他不打架。如果打架，就是别人揍他。孩子们还是很喜欢打架的，放学后，校园里经常有人围成几堆，分开打，打哭为止。

我怕赵玉增，是因为我欠他七分钱。

那时候我刚在本村破烂不堪的小学念完一年级，二年级要到一里外的前磨庄去念。赵玉增就在这时变成了我的同学和债主。我从他手里买了几个印模，一个一分钱。我没有钱，他就赊给我，让我有钱了再给他。

那几个印模的图案我真喜欢啊，一个是猪八戒背媳妇，一个是火车，一个是有烟囱的房子，另外几个是几朵花，我不认识。回家后，我立即和了一堆泥，把每个印模拓了五遍，晒到了屋顶上。

可是我一直没有钱，秋天他卖给我，冬天我也没能凑够七分钱，到了来年春天还是没有。夏天结束的时候，我就会离开那所学校，再次搬回本村那个破烂不堪的小学。我的小学时代就是这么乱糟糟的，一年级在本村上，二年级去前磨庄，三年级回来，四年级再去前磨庄……

夏天总算来了，我有一年时间可以躲开赵玉增，不用那样提心吊胆……也许再过一年，我再去前磨庄小学的时候，就会有七分钱了。

赵玉增肯定不会跑到我们村的学校来找我要钱，我猜他没那胆子。

可是我并没有因此彻底打消心里的不安，因为我外婆家就在前磨庄。每年我都要去外婆家好多次，端午节、中秋节、春节、元宵节……外婆住在前磨庄的中心，赵玉增住在前磨庄的西头，走大路的话，必定要经过他家门前。跟母亲一起去的时候还好，我坐在自行车的后座上，嗖一下就过去了，就算看见赵玉增，也可以装作没看见。

我自己去的时候比较麻烦，因为我只能步行，要是恰好撞见赵玉增，连躲的时间都没有。

我决定找一条小路。

"你出了村子，绕过南大坑，再过一片枣树林子，就会看到一条东西路，那条路会一直通到你二舅家。你不要走到头，走到一半就行了，那儿有一个巷子，巷子口有棵梧桐树，你穿过巷子，经过一个旧舞台，就能走到大街上。到了那儿你就认识了，你姥爷总是坐在小商店门口，你可以喊他……那个旧舞台，你看到了，就是走对了。"

母亲很喜欢说起那个旧舞台，而我总是听成"旧古台"。

那一年，我们家的菜园子大丰收，黄瓜、茄子、西红柿堆得到处都是。我曾经把一个看起来不太漂亮的茄子当成足球，一脚踢到了天上，为此被老祖母狠狠骂了一顿。她总是会说："要是在旧社会，早把你饿死啦。"

谁知道什么是旧社会。

每隔几天,母亲都让我去给外婆送菜。她不知道我为什么放着大路不走,非要走一条陌生的小路。

那条小路上,有一条很大的狗,虽然它很少露面,但我每次经过都能听见它的叫声。有一次它终于和我迎面相遇,我看着它蹲在人家门口,吐着大舌头哈哈喘气,吓得一动也不敢动。它好像特意在那里等我,也没别的意思,就是为了看我出丑。

夏天的那个上午,阳光热烈,我背着半麻袋茄子,汗流浃背地站在日头下,狗喘着粗气坐在阴影里。长达十几分钟的时间,我们谁也没有挪动一步,谁也没有发出一点声响。直到有人经过,把那条狗赶走。

没有人知道,那十几分钟里,我有多么惊恐和屈辱。外婆不知道,母亲也不知道。

赵玉增当然也不会知道。

二

我也卖过印模,在赵玉增变成我的债主

之前，我是别人的债主。

其实我一开始没打算做个商人，只是我带着积攒的那堆印模到班上去的时候，被安家的老三一眼看中了。那是个孙悟空的图案，孙猴子提着金箍棒，手搭凉棚。安家老三摸了半天，眼都红了。下课后，他一溜烟跑回家，又抱着一堆印模回来找我。

"拿这个跟你换，怎么样？"

四轮卡车，我有了。

"这个，怎么样？"

向日葵，我也有。

"这个呢？"

不就是手枪嘛，还没我的好。

"猪八戒，总行了吧？"

我一看，哪是什么猪八戒啊，就是个猪头。

最后，他吭哧了半天，结结巴巴地说："那……卖给我算了……"

我听见这句话，手都哆嗦了。

最后，孙悟空以一分钱的价格卖给了安家老三。

这是我一生中第一次卖东西赚钱……一分钱，等于一块橡皮……等于一把瓜子……

等于……如果是五分钱的话……或者一毛钱……或者五毛钱……我攥着那一分钱,心怦怦直跳,老师讲的课,一个字儿也没听进去。

其实我功课一直很好,李保发经常在我母亲面前夸奖我,说我以后一定能成器,而他那个小子简直就是个废物。

我不声不响开始了自己的赚钱计划。

屋顶上晾晒的印模越来越多,我还在不停地拓。妹妹说:"立山,你要干什么?弄这么多泥。"

我没理她。

老祖母照例坐在屋檐下,一副很生气的模样。

"你爬上爬下的,摔一跤就老实了。"

母亲蒸馒头的时候,我自告奋勇去烧火。母亲觉得有点儿奇怪,因为我一向不喜欢烧火。但我既然想干,她还是很高兴。我趁她不注意,把那些晒干的印模偷偷丢进灶膛里,用烧红的木柴埋起来。

这样烧印模,效果并不理想,没有一个印模变成红砖色,就像庙会上卖的那些一样。我的印模好像商量好了,集体变成了黑色。

黑乎乎的，像一堆猪屎。但它们的确是变硬了，扔到砖地上，会发出像瓦片一样清脆的声音。

我把这些黑乎乎的印模背到学校里，摆在桌子上，问那些满脸脏乎乎的家伙："要不要？一分钱一个。"

三哥哈哈大笑："谁要啊，这就是一堆狗屎。"

我真想拿狗屎砸他头上。

还是有两个笨家伙买走了三个。我告诉他们，不要只看颜色，要听声音，用手指敲一敲，像不像瓦片的声音？他们都说像，可是他们没钱。在他们许诺有钱了一定还我之后，那三个黑乎乎的印模进了他们的书包。

那天放学后，我激动万分往家走，快到门口时，看见校长李保发正在和我母亲说着什么。母亲远远看了我一眼，表情有点儿奇怪。我心里一紧，觉得有事要发生，赶紧拐个弯，到西边小树林里转了一会儿，思忖着李保发走了，才惴惴不安回到家里。

李保发果然是在说我卖印模的事。他对我母亲说，小孩子骗钱是不行的，一定要好好管教，现在是一分钱，长大了就是一百块钱，一千块钱。母亲一字不落地传达了李保发的话，最后自己又加了一句："小时偷针，长大偷金。"

从此以后，我照旧拓印模，但生意是彻底完蛋了。

几天后的一个黄昏，三哥啃着馒头到我家来，洋洋得意地告诉我母亲："立山卖印模的事，是我告诉校长的。"母亲给了他一个苹果，他把馒头丢给黑子，啃着苹果走了。

第二天，我和三哥做游戏，跳马，一个人扮成马，手扶着膝盖，弯腰站着，另一个人按住马背，跳过去。轮到三哥跳的时候，我这匹马忽然蹲下，三哥双手落空，一个跟头翻了过去，摔得哇哇大叫。

唉，他哭得真惨啊。

三

再过几天，就要念三年级了。

据说三年级教室的地上有一个洞，就在某个桌子下面，不知道有多深。谁要是不幸坐在那张桌子旁，就会无端生出一场病来。东院的奎岭，几年前病过一次，而他恰好在那张桌子前坐过。

三哥不知从哪里听来的,说那个洞是一座坟。

"那不是闹鬼吗?"

"很可能是,好可怕啊。"

三哥神神秘秘的,好像有意要吓唬我。他当然没什么好怕的,因为他念完一年级后,又念了一次一年级,我回到后磨庄念三年级时,他还要去前磨庄念二年级。我总是喊他"菜包子",他肯定是编鬼故事吓唬我,报复我。

可是万一真的有个洞,而我又恰好分在洞上面的桌子旁呢?还是应该防一下。

祖父总说自己是个秀才,我不知道真假,但他的确有几本竖着念的书。我想他应该知道怎么防鬼的。

我坐在门口,百无聊赖等他回来了,赶紧迎了上去。

"爷爷,鬼这个东西……"

他倒背着手,头也不抬,只管走回了家里。

"小孩子胡说八道,大白天有什么鬼!"

他一定是打牌输了,很生气的样子。他总是这样,输了就黑着脸回来,然后趁祖母不注意,逮一只鸡卖掉,继续打牌。母亲说,祖父有一次去别人家闲坐,出来时从人家鸡窝里掏了两个鸡蛋,揣在口袋里,结果人家一直追到街上,给他要了回去。那件事让祖母很丢脸,抱了个南瓜去给人赔礼。

"可你是秀才啊,你该知道的……"

其实秀才是什么东西,我一点都不知道。

祖父终于愿意跟我说话了,他坐在屋檐下,叼着一支烟,滔滔不绝。

"我见过鬼……"

我立即惊出一身冷汗。

"但是鬼不可怕的,鬼怕人。看见鬼,不用理它,只管走路,看也不要看……有一年我去镇上办事,回来时天已经黑了,月亮很大,有个像树桩一样的东西站在路边,那就是鬼。我装作没看见,骑着车子就过去了……我听见后面传来咚咚的声音,那是鬼走了……它没有脚,是跳着走的……这时候可不能回头看……"

我半天没敢吭声。

"不用害怕啦,不是谁都能看见鬼的。"

他似乎有些得意。

"可是,万一……怎么防鬼呢?"

他想了一会儿,手指头在地上画了个图案。很奇怪的画,有圆有方的,一堆拐弯的线条。

"在纸上画个这样的符,放在有鬼的地方,鬼就走了。"

那年开学第一天,我带着一个符去上学。不过没有画在纸上,我把它画在泥上,做成了一个印模。先把一块泥摔打平整了,用树枝在上面画出那个符,晒干,然后再用泥拓一遍,再晒干就行了。

我被分在最前排的一张桌子旁,我仔细看了,桌子下面没有洞。整个屋子里都没有洞。地上干干净净的,铺着很新的砖。墙上,芦苇编成的屋顶上,甚至黑板上,我都仔细看了,一个洞也没有。

第一节课乱哄哄的,我似乎有一点失落。

教室门口,黑子一动不动地蹲在那里,等我回家。它一看见我的眼神,就高兴地摇尾巴。

后来弟弟似乎也来了,扒着窗台往屋里看……那个光头很像他。

我亲手制作的驱鬼符没有派上用场,可我却爱上了自己画印模。我画了我看到过的许多事物,太阳、月亮、玉米棒子、五角星、开花的向日葵、车轮、狗的耳朵、一把弓箭、我没有见过的山、巨大的叶子、酒杯、碗、玻璃球、一排牙齿、竖着念的字……还有一个光头小人,三哥要是问我,我就说是他。

四

玉米收完的时候,我决定烧一座窑,把亲手制作的一大筐印模,烧成红色,像砖一样的红色。

东边的墙角下,刚好有一块空地。我用铲子挖出一个坑来,大概一尺多深的样子,然后在坑的南边和北边各挖了一个通风口。窑坑布置好了,要在坑底竖着放两片瓦,瓦上铺几根刚砍下的柳木棍子,棍子上放沾了煤油的木柴,木柴上放煤,煤上放印模,印模上再放木柴,木柴上再放煤……

真奇怪,那天上午院子里空空荡荡,除了我,只有黑子在家。祖父、祖母、父亲、母亲、妹妹、弟弟,他们都去哪儿了?我仔细听了听,的确没有人在家。

一瞬间,我有些害怕。

可是我的窑还是烧起来了。先是细细的白色烟子袅袅升起,飘到屋顶上,飘到椿树的枝叶间,不久,浓重的黑烟夹着火苗涌了出来,很快吞没了整个院子。我找到老祖母的蒲扇,一边往窑里扇风,一边大声咳嗽。那时候,我看起来肯定很像一个妖怪,三哥要是在跟前,又会笑死……

黑烟慢慢散去了,仔细看时,黑子已不在院中,我喊它,它没有答应。往常,我要是一喊它的名字,它马上就会跑回来,无论它在哪里。

我觉得时间好像过去了很久,座钟已经响了好几次,上午都快过完了,家人却一个也没有回来。

老五奶奶的葬礼昨天就办完了,他们不应该又去帮忙啊。

我走出院门,看见祖母正坐在门口晒太阳。

"人都去哪啦?"

祖母好像没听见我说话,依旧小声地自

言自语。

"……朝众回来了,他都走了好几十年了……走的时候多年轻,还是个小伙子……他娘死了,他回来了……当兵还能当这么些年……"

我刚想问问老祖母,朝众是谁,忽然听见了黑子的叫声。我看见它打了败仗一样跑回来,一屁股坐到门口,继续扯着嗓子大叫。

一大群人向我家走来。我看见了祖父、父亲、母亲、妹妹、大伯、三哥……弟弟拖着鼻涕跑在最前面,怀里搂着不知什么东西。好像全村的人都来了,黑压压一大片。

那群人中间,一个穿着西服的老头儿,走路很慢,很像电视里的大官。老头看见我祖母,愣了一会儿,忽然哭起来:"老嫂子……"

老祖母费力地站起身,有点儿不知所措。

"朝众回来啦?"

然后撩起衣襟抹眼泪。

"老嫂子,你的腰怎么弯成这样啦?"

我看见许多人一起抹眼泪,觉得很没意思,跑回院子里,继续往我的窑里扇风。

黑子还是那样叫个不停,有人大声呵斥

它:"滚!"它就滚出去了。

烟还没有散尽,人群已经像水一样涌到院子里。

有人说:"看,立山在烧窑呢!"

那穿得整整齐齐的老头儿走过来,盯着我的窑看了一会儿。我忽然觉得有些难为情。

"你叫什么名字?"

他说话的语调,也跟电视里的人一样。

我一个字也没有说,只管低头扇风。

"他叫立山,是我的老大。这个是老二,叫永山。"

迎着父亲的声音望过去,弟弟正缩在人群里,啃着什么东西。

老头儿把我家的所有屋子都看了一遍,一边看一边叹气。

"老家太穷了,太穷了,比我走的时候好不了多少……你看,孩子们还是一身土……下雨天怎么办?院子里还能走人吗?……在台北,我想种花,就要去很远的地方才能找到土……"

那天中午吃饭时,我听见父亲说,"大叔"已经走了快五十年了,二十多岁走的,回到家七十多了……祖父说,朝众当兵时,啥也不知道,就当了国民党,后来打败了,就跑去台湾。

好多年之后我才弄明白,朝众是我祖父的堂弟,就像我是三哥的堂弟一样。祖父那一辈,名字里都有个"朝"字,据说是想入朝为官,比如祖父就叫"朝选",梦想被朝廷选走……那一代七八个兄弟,最终大都留在了村子里,只有朝众跟着国民党跑去台湾。后来,朝众费尽周折终于获得了探亲的机会,进村的那一天,他母亲的棺材刚刚合上。

朝众的母亲就是老五奶奶。

我还是第一次看见老头子老太婆们哭成那样,好像要把一辈子的眼泪哭完一样……又有好多人围着看,我都觉得有点儿不好意思。

可是那一天我却十分开心,因为台湾来的"大爷爷",送了几只圆珠笔给我,写出来的字还带着香味。他送给老祖母的,是几块香皂,我后来偷偷用过,香味几天都下不去,有些孩子因此嘲笑我,说我搽了粉。

黄昏时候,我把窑挖开,意外地发现那些印模全都烧成了红砖一样的颜色,用手指一敲，会发出清脆的响声。我一边挖一边想，种朵花都要跑那么远去找土，真是奇怪的地方……台北的小孩子们恐怕是不会玩印模的。

可是……鬼才知道台北在哪里。

五

春天首先是从风里来的，它变软了，柳枝也就软了，可以折一枝下来拧成柳笛。然后就会看到一些苍蝇，嗡嗡着飞来飞去，母鸡追着它们在院子里跑，鸡毛掉了一地……院门口的榆树还在费力地长着榆钱儿，一不小心，远处的槐树已经开满了全身的小白花。我从槐树上扯了几枝槐花，丢在弟弟跟前，他就没命吃了起来，一把把往嘴里塞。

父母都不在家，他们让我看着弟弟。我觉得，看着这家伙跟看只羊没什么区别。

东屋房顶上的印模越来越多了，像乘法口诀表一样，排得整整齐齐。

隔壁的院子里，三哥也在忙活。我往屋顶上运送印模的时候，看见他拖着一把铁锹去挖土。他不知道，我早已不在那个老地方挖土了，整天都是红色的淤土，拓来拓去有什么意思？我去镇上赶庙会的时候，镇上的表哥告诉我，用污泥拓的印模，烧出来会有奇怪的花纹，我就跑到南坑里，掘开表面的淤土，把潮湿的黑色污泥掏出来……表哥没有告诉我，污泥是有臭味的，很多猪在坑里躺过，怎么会不臭呢？

几天前，我悄悄告诉三哥，我家要烧窑了，让他赶紧多拓些印模出来，到时候我们一起烧。

"你还敢烧窑？"

自从我上次烧窑耗去了两铁锹煤块之后，父亲就严厉禁止我再干相同的事。他甚至一看见我拿铁锹就会皱起眉头。父亲教训我的时候，三哥在旁边幸灾乐祸地看了很久。

"不是我烧窑，是我家要烧窑，砖窑，盖房的砖。"

三哥立即心领神会。

"那我马上去挖土。"

"这事你不要告诉别人。"

"嗯。"

"那你发誓……"

"谁说出去，谁就是龟孙！"

几天后,所有孩子都知道我家要烧窑了,到了星期天,这些家伙都不出来玩,藏在家里拓印模。

我父亲当然不会知道,村庄里秘密赶制的那些印模,和他的砖窑有什么关系。他在忙,没时间想这些。我怀疑那个槐花飘香的春天,是他一生中最忙碌的春天,以前没有过,以后也不可能再有。父亲和母亲一起,几乎不分昼夜在村庄南边忙碌,拉土,运煤,打煤饼,拓砖坯……运煤的卡车来了好几次,司机是镇上的姨父,他觉得我父母这么干,实在是太辛苦了。

"这么拼命干什么……买砖不行吗?"

"买砖太贵了,窑厂的砖,一毛多一块,六万块,得多少钱?"

六万块,原来父亲要烧那么多砖,而我的印模,用去了好几个星期天的时间,也不过才有几百个。

槐花们慢慢老了,飘到地上已变成黄色,不再有一点香味。后来榆钱也老了,变成白色,撒得到处都是。再后来,枣树开始拱出很小的黄色花朵,像米粒一样大,风一吹,落了满地……知了开始叫的时候,父亲的六万块砖终于入了窑，点火那天，很多人来帮忙，一挂鞭炮把黑子吓得躲了好几天。

那些秘密的印模们开始出场，孩子们趁我父亲不注意的时候，把它们丢进砖窑的缝隙里，看着它们躺卧在某块燃烧的煤饼上，小心地做了记号。而我却可以趾高气昂地扛着我那些宝贝，在父亲眼皮底下，堂而皇之丢进去，连记号都不用做。

在许多孩子眼巴巴的翘首企盼中，我父亲的砖窑一直烧了好几个月，一直到冬天才彻底冷却，那时我已经再次回到前磨庄，开始念小学四年级。

赵玉增一直没有出现，我猜他是不是退学了，或者搬家到了什么地方。

我想，不管怎样，这是一件好事。

一个城里来的女孩子，跟我在同一个教室，她的位子和我隔着一条窄窄的过道……她讲普通话，看见老师，会说"老师好"；我也会讲普通话，可是一讲就不好意思……她和村庄里的女孩子不一样，爱穿花格子衣服，很整洁，头上梳着两条好看的辫子……我时常偷偷看一眼……

不知道为什么，我忽然觉得拓印模是一

件很无趣的事情。

我从祖母那里要了一块香皂,开始每天认真洗脸,有泥的衣服也不再穿了……那帮混小子嘲笑我搽粉的时候,我也不再脸红……我觉得身上有点香味儿挺好……

那年冬天,我们家的驴子一趟趟往家里拉砖,所有空地都堆上了砖,红色的、似乎还带着余温的砖。每天放学回到家,我都能看见院子里堆着一堆印模,烧得像砖一样红,手指一敲,像瓦片一样清脆。有些印模我不认识,不知道是哪个家伙丢进去的。

弟弟围着那堆印模大呼小叫,让我快藏起来,要不别的孩子可能会把它们认走。

那是我见过最多、最好的印模,我做梦都没想过,自己会一下子变得如此富有。

可我该怎么告诉弟弟,我在这一年的某一时刻,忽然觉得,拓印模可能是一件很无趣的事?

六

父亲的六万块砖,在第二年变成了四间

瓦房。我们终于不用住在泥坯的屋子里，也不用担心老鼠会把墙挖穿了。新房的屋檐很宽，即便在下雨的日子，老祖母也可以坐在屋檐下，她说，快进棺材的人了，还能住上这么好的房子。

那个讲普通话的女孩儿，半年后就回了城里。她给老师和全班写了一封信，老师很高兴，在课堂上一字不落念了一遍。我第一次知道，原来小孩子也可以写信。

再后来，我离开村庄，到乡里去念初一。那里离我家十里路。我和另外四个孩子，天不亮就要出发，踩着破旧的自行车。放学回到家里，天已经黑透了。我常常抹着眼泪出发，饥肠辘辘地回来。如果下雨，或者冬天落了大雪，就要步行，走两三个小时。

弟弟常常领着黑子，坐在村口等我。

我慢慢习惯了那十里路，就像老祖母终于习惯了那座新房子，夜里可以睡得安稳。

有一天，我在放学路上遇见了赵玉增。他还是那么瘦，但是个子变得更高。他正扛着一把锄头，看见我，远远地打招呼。有一瞬间，我愣了一下。

赵玉增终究没有提起那七分钱的事情，

我猜他早已忘记了。

很可能,我也忘了。

又有一天,学校放学很早,我回到村口时,太阳还吊在西边的树枝上。那时,妹妹正在念小学,肯定不在家;麦子快熟了,父母一定在田里,想必弟弟也跟了去;祖父不用说,照例在隔壁树生家打牌……我猜只有老祖母和黑子在家。

黑子听到了我的声音,跑到门口迎接,围着我的自行车转圈。

细细的南风轻轻摇晃着门口的高粱花,一只布谷鸟唱着歌飞过村庄上空……我听见我家枣树上的木风车,哗啦啦地转个不停。

院子里,两个浑身是泥的小子正在拓印模。无数的印模,似乎成千上万的印模,毫无规则地排列着,摆得到处都是,屋檐下、窗台上、水缸边、簸箕里……

我晃了一下铃铛,两个泥人转过身,是弟弟和三涛。

我清楚地看见,笑容从他们脸上慢慢消失,又慢慢变成了一丝惊恐。

弹弓

一

四叔住在我家东边,就隔了一堵墙。我站在院子里,视线越过院墙和东屋,能看见他家的屋顶和枣树。如果我要去他家里,从来都不会跑到街上绕一个大圈子,只要从墙上翻过去就行了。他也一样,经常翻墙来找我,过来过去的,那一段墙已经磨得溜光。

他是四叔,但年龄只比我大一岁,所以我从来不喊他四叔。

我喜欢爬到东屋屋顶上,躲在那根烟囱后面,喊他的名字。

"顺堂！"

没人答应。

"老四！"

还是没人答应，莫非他不在家？

"四老头儿……"

话刚出口，一个土块子从下面飞了上来，啪地砸在烟囱上，然后就听见四叔躲在院门后面破口大骂："你个龟孙！"

屋顶上，我早已预备了许多土块子，像拳头一般大小。就在他骂得起劲的时候，这些土块子已经像炮弹一样，连续不断地飞下去，重重地砸到了黑色的门扇上。而他储存在门后的土块子也不时飞到屋顶上，或者越过屋顶，落在我家院子里，惊得鸡飞狗跳……战斗大约会持续几分钟，直到两边的大人都无法忍受，威胁要打断我们的腿，我们才慌忙各自逃掉。

其实这样激烈交战的场面并不多见，大多数时候，当我喊完"老四"而"四老头儿"尚未出口时，四叔就会准时出现在门扇后面，只探出半个脑袋。

"有种你下来。"

"有种你上来。"

"你下来。"

"你上来。"

我妹妹曾经说过:"你跟四老头儿对骂的时候,真像猪八戒和沙僧……"母亲一定会拦住她的话头儿:"闭上你的嘴,四老头儿是你叫的?"

《西游记》哪一集我没看过?不就是收沙僧的时候嘛。猪八戒站在河边,沙和尚藏在水里,好像就是这么骂的。

"你上来!"

"你下来!"

有一个星期天,我扛着弹弓躲在烟囱后面,蹲守了半个上午,始终没看见四叔出门。

第二天,他在学校里拦住了我。

"你以为我没看见你?扛着个破弹弓子……我在门缝里观察你半天了!"

"你一直在门后面?"

"废话,每次出门我都要先观察一下……小子我告诉你,弹弓打脑袋上可不是闹着玩儿的,打伤了,你要包骨养伤。"

那就是大事了,母亲少不了要提着鸡蛋、

红糖去看他。

"其实我没想真打你，就是想吓唬吓唬你……"

"拿来，我看看。"

我把弹弓递给他，他扫一眼就扔给了我。

"你这个不行，树杈都是歪的，还打鸟，打猪都打不到。"

"猪还是能打到的……"

"你真打猪了？嗯？哈哈哈哈……真丢人啊！"

他乐不可支地走了，留下我一个人站在那里，恨不得一弹弓射他屁股上。

二

一到寒假，"四大金刚"就没人管了。

我、四叔、三哥、铁山，整天在尘土飞扬的街道上晃来晃去，吹口哨、砍树枝、点火、追狗、撵猪、吓唬路过的小孩儿……有时候，松伟想参加进来，立刻被我们轰走。

"小屁孩儿，别跟着我们！"

其实松伟只比我小一岁。

我觉得四叔训斥松伟是理所应当的事，因为他是松伟的亲叔叔。

可是这叔叔当得不怎么合格，有些不好的事情，我们都是跟他学的。他曾经偷了他姐姐的唇膏和眉笔，把自己画得像个妖精，嘴唇血红，眉毛又黑又粗，像两根棍子。我猜他肯定被他姐姐骂了，从此再也摸不到唇膏和眉笔。但四叔急于让我们也体验化妆的感觉，就从灶坑里刨了块黑木炭，把"四大金刚"的眉毛都画成了棍子。当我们顶着这些棍子招摇过市的时候，很多人围着我们哈哈大笑。

"哎呀，这是什么妖怪？"

"是从锅底出来的妖怪吧。"

懒得理他们。

西边的小树林里，只有胖麻雀们在冷风里叽喳，喜欢斜着飞的燕子们早已回去了温暖的南方。我们呵着气掏出弹弓，四处找寻麻雀的踪迹。

麻雀很容易找到，就在光秃秃的树枝上蹲着，三三两两，缩着脖子。但是要打中它们，却没那么容易。

铁山总说他曾打中过多少麻雀,可我们一次也没见到过。

"为什么总打不中?"

"今天太冷,手哆嗦。"

"那上次打的呢?"

"吃了,煮了一大锅。"

"总有毛吧?"

"毛埋了。"

"埋哪了?"

"哎呀,早忘了!"

铁山说忘了,我不太相信,但他可能真的吃过麻雀,因为他吃过青蛙。青蛙明明是好动物,他连青蛙都敢吃,当然也会吃麻雀。铁山捉青蛙很厉害,夏天的时候,我看见他在南大坑的水边,捉到好几只青蛙,有两只正一上一下趴在一起,也被他捉到了。对了,他还吃过羊蛋,还偷过李国印家的鸽子。

正在争论,一只公鸡从树林边上经过,昂头挺胸,迈着方步。

我们都不说话了,四把弹弓齐齐举起。

啪!

公鸡翅膀中了一弹,立刻丢了骄傲的模样,惨叫着落荒而逃。

所有人都认为是自己射中的,又吵了半天。

四叔好像有意要对付我,又说我那弹弓不行。

"肯定不是你打中的,你的弹弓架子是歪的……你看看,这边是直的,这边是斜的,根本就瞄不准……"

"你怎么知道我瞄不准?"

"那你打那棵树试试。"

妈的,那么细的树……我连发六颗子弹,一颗都没射中。

回家路上,我越想越生气,干吗让我射那棵树?让他们去射,肯定也射不中。可是,我那时怎么就没想起来呢。

我家门前的枣树下,不知谁家的一头猪,正卖力地翻着一堆玉米秆子。我四下看看,一个人也没有,于是扯起弹弓,瞄准,啪地射了过去。

子弹打在玉米秆子上,声音很小,那头猪疑惑地抬起头,侧耳听了一下,又照旧埋头翻了起来。我觉得自己脸都红了，捡起一块砖头砸了过去。

这一次很准，那头猪肚子上挨了一砖头，闷哼一声，跑走了。

三

每棵树上都长满了树杈，可是适合做弹弓架子的并不容易找到。它们不是太粗就是太细，要么长在有刺的槐树上，或者很不巧是梧桐和椿树的一部分，不够结实，说不准什么时候一拉就会断掉……还有一种情况，就是它长得太高，除非变成鸟，否则绝不可能碰到它。

当然，最令人郁闷的情形是，它非常完美，就是我日思夜想要找的那种，无论长的位置还是形状，可是刚刚爬上树，树的主人出现了，后面还跟着一条狗。

我从南大坑边上的一棵榆树上狼狈不堪地溜下来的时候，那条狗狂叫着追了我半条街。我气喘吁吁往家里飞奔，连弯腰捡个砖头的机会都没有。这一幕，被那些蹲在墙角晒太阳的老头子们看在眼里，成了他们那一天最重要的笑料。那个穿着破棉袄、顶着破皮帽子的老头儿笑得尤其厉害，笑完了，又属他咳嗽得最狠。那条狗已经走了，我躲在门后，听见老头儿响亮的咳嗽声，心里暗想：活该，让你笑！

这次遭遇让我下定决心，一旦我做成了一把完美的弹弓，我不仅要打到一锅麻雀，还要把那条狗打成残废……打死也没什么可惜的。

春节前的最后几天，我整天在我家的小树林里转悠，仰着脖子看那些树。

这片小树林原本不属于我家，可是父亲看中了这片地，就用我家的半亩地换来了它，并且在上面载满了树，杨树、柳树、榆树、槐树，像一队队士兵，站得整整齐齐。父亲打算若干年后在这片地上给我盖一座房子，再给我娶个媳妇。这个计划让我的弟弟十分嫉妒，因为那片地离小学校只有一百多米。弟弟满腹怨气地对母亲说："你们太偏心了，让立山一家住在那里，他的孩子上学多近啊！"

母亲立刻笑了起来。

"唉……还是等你不穿开裆裤了再说

吧！"

这片地是我的，那么这片地上的所有东西都是我的，每一撮土，每一棵草，每一朵野花，甚至被风吹来的每一张纸片都是我的，更不必说种在这片地上的一百零九棵树了。我可以在我的树林里做任何事，砍树枝，挖野菜，放羊，遛兔子，全凭我乐意，别人可不行。

一想到这些，我就觉得自己像一个地主。

我仔细数过，树林里共有九十棵杨树、十五棵榆树、三棵槐树和一棵柳树，而最适合做弹弓架子的是柳树和榆树。

冬天的风冷飕飕的，直往脖子里灌。我把手揣在袖子里，围着榆树和柳树转来转去，弟弟跟在后面，拖着鼻涕，嘴里叽咕个不停。

"找到了吗？"

"没有。"

过一会儿，他又重复同样的问题。

"找到了吗？"

"没有。"

问得我想揍他。

后来，他终于问了一个不一样的问题。

"立山,那个怎么样?"

哦,那个树杈可真不错,两根枝子十分对称……可是笨蛋你不觉得它太粗了吗?能做一架梯子了。

"你回家去吧。"

"哦。"

他居然转身走了。我知道,这小子肯定是冻坏了。

天快黑的时候,我终于在柳树上发现了一个好树杈,就是有点高。柳树皮又滑又冷,往上爬的时候,我觉得手指头都快冻掉了。我骑在树干上,用小刀在树杈根部削了很久,一边削,一边往手上呵气。如果有一把斧头,就不用这么费劲了,可是父亲不可能允许我扛着他的斧头出门。天黑下来的时候,那根树枝吱呀一声掉了下去,我松了一口气,抱着树干喘了半天。

我拖着那根树枝回到家里,藏到排子车下面,又在上面压了一把扫帚。

不能让父亲看见。

四

一把好弹弓能把准度提高好几倍。好的子弹也很重要。以前我的子弹都是些什么东西啊,随地捡到的石子,摔碎的瓦片,泥土块子,这些不尖不圆不方不正的东西,没少让我丢脸。

弹弓做好的那天中午,我把门前那棵枣树当作靶子练习射击。石子、瓦片、泥土块子轮番出击,虽然偶尔能射中,但命中率显然不算高。

午饭时间快到了,祖父照例倒背着手,慢慢悠悠地溜达回来。我从他的脚步声判断出来,他今天应该没输。

"训练得怎么样了?"

他忽然张口说话,证实了我的猜测。要是输了,他肯定懒得说一个字。

"不准。"

"我试试。"

我把弹弓和子弹丢给他,他看了一眼又还给了我。

"不行不行,这算什么子弹?子弹要圆

的。"

他转身回家了。

我忽然想起,某个抽屉里,似乎藏着几颗玻璃球,那可是弟弟的宝贝。此刻,父母正在厨房里做饭,老祖母坐在堂屋的火炉前,正和睡在椅子上的花猫说话,弟弟不知领着黑子去了哪里。我若无其事溜到堂屋,在某个抽屉的角落里,翻出了三颗玻璃球。

我揣着三颗玻璃球,心里怦怦直跳。

第一颗玻璃球打中了。啪,那声音真好听……哦,好像整棵枣树都跟着晃了一下。

第二颗、第三颗都打中了。

好了,百发百中原来这么简单,有玻璃球……不对,只要是圆球就够了,管它是什么做的。玻璃球我买不起,搓泥丸总可以吧?

饭桌刚摆好,弟弟就踢踢踏踏地回来了,黑子耷拉着脑袋跟在后面,和弟弟一样,也是垂头丧气的样子。我心里想,弟弟要是知道我把他的玻璃球给弄没了,不知道会是什么反应。不过,短时间内他是不会发现的,整个冬天,他都不可能想起和玻璃球有关的任何事情,到了春天,不用整天把双手揣在袖子里的时候，他或许已经忘了自己曾经有过三个玻璃球。可是他对我的弹弓是关心的，他热切希望我能打到麻雀，不用一锅，一只就够了。这小子无数次问我麻雀肉是什么味道。我很怕他会在父亲面前提起这事，威逼利诱地警告他，他也答应了。但他显然不值得信任。

"立山，你的弹弓做好了没？"

"……"

我看见父亲的目光射向我，立即把话咽回了肚子里。父亲从来不支持我玩弹弓，也对我多次提到的麻雀肉不感兴趣，他一看见弹弓就皱眉头。当我以为他又要教训我，说弹弓很危险的时候，弟弟又开始说话了。

"你树林里的树，有几棵皮被啃了，你最好带着弹弓去，打死它们！"

"什么东西啃的？"

"不是猪就是牛，反正是羊。"

一桌子人哈哈大笑，妹妹差点儿把饭喷出来。

"那到底是什么啊？"

"我说了啊，不是猪就是牛，反正是羊。"

这家伙被笑得莫名其妙,但却始终没忘记我的弹弓。

"立山,打完啃树的,就该打麻雀了吧?"

我一个字也没敢说,只管低头吃饭,连味道都没吃出来。

五

那个冬天似乎总是阴沉沉的,看不见太阳,它躲在厚厚的云层后面,不愿出来。

父亲的脸也阴沉沉的。

一到年底,常有人跑来要账,很客气的样子,一边喊着三叔,一边递上烟卷儿。那些事情我弄不明白,什么玉米种子的钱、化肥钱、农药钱,或者其他什么钱,反正都是钱,反正都跟我没关系。要账的人走了,母亲总会抱怨几句,然后又说我就知道玩儿,不好好念书,长大了还要围着铁锹锄头转,过穷日子。"面朝黄土背朝天",她经常说这句话。

也有来送钱的,更客气,一边道歉说耽搁了这么久才送来,一边从口袋里掏出红红绿绿的几张钱。父亲总是会推辞一下,说不着急，手头儿宽松了再给也行，然后接过来放到桌子上，等人家走了，再数一遍，交给母亲，锁到抽屉里。

阴了好久的天气终于没忍住，大年三十一早，天上就飘起了雪花。中午时，地上的雪已经厚得埋住脚了。

父亲送走了那一年最后一个前来送钱的人，脸上的阴云散去，显得很高兴。

那时候我和弟弟正在院子里堆一个巨大的雪人，身子已经堆好了，我们正在制作脑袋，这时忽然有人喊我。转身一看，"四大金刚"的另外三个出现在了茫茫大雪中。四叔、三哥、铁山，各自顶着一个破草帽，草帽上落满了雪。

"立山，快走啊！"

他们刻意压低的声音，一定让父亲觉得十分可疑。

"你们几个过来。"

他们走到父亲跟前，装作什么事都没有的样子，噼里啪啦踢着地上的积雪。我还听见四叔没话找话地跟父亲搭讪。

"三哥，刚才那人是哪个村儿的啊？看着面生。"

四老头儿,他居然叫我父亲三哥。唉,谁让他辈分比我高呢。

"前磨庄的,赵六儿……你们几个鬼鬼祟祟的,又要干什么坏事儿?"

"没有没有,我们早不干坏事了……就是喊立山去玩儿,看看雪地里有没有兔子……"

"胡说八道,有兔子你们能抓到?你们比狗跑得还快?"

"哎呀,不是啊,三叔,我们其实是想喊立山去打牌……"

这是铁山的声音。

"对对对,去打百分。"

三哥也跟着附和。

我趁他们说话的时候,悄悄跑进堂屋,把弹弓揣进了怀里,又从墙角翻出那个破塑料袋子,抓了几把泥丸。这些圆溜溜的家伙又冷又硬,我不知道它们是晾干了还是冻硬了。我还从橱柜里抓了一把盐,胡乱塞在口袋里。

"四大金刚"像鸟儿一样呼啦啦冲出了院子。院门外,天地一片白色,没有一丝风。

我听见弟弟在后面大喊:"立山,我也去吧?"

我们没理他,一口气跑到大街上,又沿着大街跑到村子南头。回头看看,弟弟并没有跟来。

我们趟着厚厚的积雪,穿过小学校的操场和我的树林,一直走到西边的田野上。

雪忽然停了。

平日所见的事物,麦苗、田垄、枯草、树枝,此时全部消失不见,只有远远近近的几棵榆树和杨树,孤零零站在平原上。

一棵杨树下面,有一个挖土后留下的坑。我们跳下去,用手把雪除去,地面上露出玉米秸和一堆枯树枝。这是我们前两天就放在这里的。还有一根铁条,铁山说用它把鸡串起来。一把削铅笔的小刀,可以给鸡开膛破肚。

四叔说:"谁去打一只鸡来?"

"……"

没有人回答。

"妈的,真干的时候全变孬种了……一起去吧。"

我的小树林周围,四把弹弓像四个小偷,等待着一只鸡的出现。公鸡母鸡都行,大的小的都行,谁家的都行……

一只鸡都没有出现。

大雪天,或许它们都躲回鸡窝去了。就像那些大人,在这样的天气也不会出门,多半围着火炉说话,或者打纸牌……父亲自己制作了一副牌,塑料的,上面用火钳子烫了好多圆点……祖父在树生家,一群老头子老太婆整天就会打麻将……祖父要是输了,保不准又要偷偷捉了老祖母养的鸡,拿去换钱……那些母鸡整天叽叽咕咕地在院子里刨来刨去,拉得到处都是鸡屎……还有一只大公鸡,个子很高,别家的鸡跑到我家来找食,它就啄那些鸡的脑袋,把它们赶走……它还啄过我的屁股……

可是那些鸡都到哪儿去了?

整个下午,鸡们大概都躲在温暖的窝里睡觉,我却冻得哆哆嗦嗦,手都不听使唤了。

不仅鸡没有出现,麻雀们似乎也消失了,看不见它们的影子,也听不见它们的声音。

"要是有个麻雀也行啊,我保准一打就中。"

铁山的声音很小,但我们都听见了。听

见了也没人搭理他。

黄昏来临了,远处开始传来鞭炮声。

我想到我那一挂鞭炮,忽然觉得这一下午在雪地里走来走去简直蠢透了。

四个人谁都没说话,低着头走回村子。

新年马上就要到了,人家门前都贴着鲜红的对联。也有粉色的或者绿色的,因为他们家去年或者前年死了人。有的对联贴在高大的门上,有的胡乱贴在栅栏上。有些字写得歪歪扭扭的,像虫子在爬。

我们一路走,一路噼里啪啦地发射子弹。我惊讶地发现,自己居然一下打中了谁家门前的一个香炉,香炉碎成好几块,从关老爷像前跌落下来,炉里的灰撒了一地。

四叔他们没看见,我也没敢吱声。

那天晚上,父亲问我,街上刚刚装好的几个路灯碎了,是不是我干的。我信誓旦旦地说,不是我。

我也不知道是不是我打碎的。天都快黑了,几个人轮流发射,谁知道是谁打碎的。

六

寒假过后,我和四叔又要到前磨庄去念四年级,铁山和三哥继续留在我们自己的村子里,念他们的三年级。

有一次,我跟四叔在上学路上,看见铁山正举着弹弓,瞄准一棵树。四叔大喊一声:"嗨,菜包子!"铁山转过头,把弹弓对准了我们。我和四叔落荒而逃,铁山在后面骂个不停:"龟孙、王八蛋……"四叔恶狠狠地说:"妈的,没大没小的,竟然敢骂长辈!"

我糊里糊涂地成了班里的学习委员,从此有了帮助老师收作业的资本。

可我并没有觉得多么高兴,因为那个城里姑娘在开学不久,就转回城里念书了。她给老师写来一封信,问候校长、班主任和每一个同学。我知道,她不会记得我。可我记得她,不是很白的皮肤,两只大眼睛。她总是穿着好看的花格子衣服,干干净净。还梳着两只小辫子。

上学或者放学的路上,我还是习惯四处打量那些树杈,思忖着谁更适合做弹弓。我家的屋顶上,泥丸堆得越来越多,几百个,或许上千个。

我没有打中过任何一只麻雀。

这是一件很丢脸的事。当班里其他同学挤在一起，炫耀自己曾经射中过多少只麻雀的时候，我就故意躲开。他们有时会问我，我只好骗他们说，打中过三只。

那一年似乎总是下雪。春节时下，元宵节下，开学之后还是下。

还有大风，把地上的雪卷起来，漫天飞舞。打到脸上，很疼。

风停后，大地上的积雪都变了模样。路面好像被清扫过了，只留下薄薄的一层细雪。路边的沟里，积雪却深得可以没住腰。我在放学路上，曾经被一个家伙推到沟里，整个人都被雪埋住。

我想用弹弓射他，又怕真射中了，要包骨养伤，还要母亲提着鸡蛋红糖去看他。那些鸡蛋，她都不舍得给我和妹妹、弟弟吃。

就在那场很久没有化完的雪中，我打中了一只麻雀。

那是无数麻雀中的一只。

那时我正在放学回家的路上，而它们正

聚集在某棵树上，开会一样，叽叽喳喳吵个不停。

无数的麻雀，披着厚厚的羽毛，霸占了榆树的树枝，就像一群灰色的叶子。

我躲在墙角，颤抖着掏出弹弓，装上泥丸，瞄准，发射。

哄的一声，无数麻雀飞走了，像一阵风。但有一只麻雀落到了地上。

它是落下的，不是摔下来。我在一大群麻雀中打中了它，但力度不够。它可能很疼，但是还能飞。它斜着身子，贴着地面，扑进了一堆玉米秸中。

我看见了那一幕，心都快跳出来了。

我找到一根树枝，跪在玉米秸前，拨开积雪，小心翼翼往里捅。有那么一会儿，玉米秸里没有任何动静。我想它可能死了，或者受了重伤，说不定翅膀都断了。

不知道捅了多久，那只麻雀忽然钻出来，张开翅膀，飞走了。

从此之后，我再也没有射中过麻雀。

我和弟弟一样，永远不知道麻雀的肉是什么味道。

柳笛

一

村庄被各种声音包围着,它们从四面八方涌来,有的微弱,有的响亮,像漫出河岸的水,流过每一个角落。一年四季,我听着那些声音,辨认着春夏秋冬的足迹。

冬天是最安静的季节,大部分时间里,只有风不知疲倦地经过。风会拍打门帘,摇晃树枝,使劲转动枣树上的木风车。没有叶子的树林常常发出阵阵呼啸,像野兽在喊叫。野兽休息的时候,村庄一片寂静。如果赶上落雪的深夜,连狗都不再出去巡逻,也懒得再叫,除了雪花压着老枣树枝发出的极小的咔嚓声，什么都听不见。

在那样的夜里，我睡得很沉，也最不愿意起来，实在憋不住了，真想绑一只塑料袋，直接尿在里面。

秋天也很安静，可是夜里会有蟋蟀唱歌，它们住在砖缝和草丛里，不知疲倦地唱到天亮，打着手电筒去找，却什么也找不到。我曾经把几只蝈蝈放到枣树上，让它们和蟋蟀比赛。蝈蝈们赢了，它们洪亮的歌声压住了蟋蟀的低吟和远处的狗叫声。有一次我一觉醒来，院子里的灯还亮着，父亲和母亲正在摘花生，我睡迷糊了，抓起一只草帽往里撒尿，要不是父亲往我身上砸了一颗花生，那个草帽就变成了尿盆。我迷迷糊糊地回到屋里，爬上炕，躺下，而蝈蝈的叫声始终没有停歇。

秋天的某个日子，村子里的脱粒机会集体发动，哐哐当当的声音震耳欲聋。几天后，它们又集体沉默，重新回到墙角，等待下一个秋天到来。

当蝈蝈和蟋蟀们不再歌唱，秋风开始扫落叶。无数掉落地上的叶子，被大风扫来扫去，可惜始终扫不到一起，最后还得我动手，把落叶扫成堆，一把火烧了。

夏天最热闹，到处都是鸟儿，麻雀、燕子、喜鹊、乌鸦、"一把扇"、鸽子、啄木鸟……我没有听见过啄木鸟的叫声，只看过它们攀着树干往上爬，一边爬一边啄，认准了一个地方，就停下来，梆梆梆梆，用尖嘴敲上半天。和鸟儿相比，知了明显更有耐心，它们一整天只用一种声调唱个没完没了。不过，闪电和雷雨会让它们通通闭上嘴。巨大的雷声有时就像从远处滚过来，碾过村庄上空。大雨过后，鸟儿和知了重新开唱，青蛙也亮出了大嗓门儿。某些时候，我能听到青蛙就在我家院子里，可是我永远都不知道它藏在哪儿。

夏天的夜里，经常有醉鬼出没，他们在街道上喊叫、咒骂或者大声哭泣，引来满村子狗一起大叫。等到狗叫声终于平息，他们已经随便睡在了某棵树下。

我最喜欢春天。春天总是慢悠悠的，像一个人蹑手蹑脚走路，声音很小，几乎察觉不到。当你听到时，它已经来了。柔软的风把燕子从南方吹来，把野草和麦田吹得碧绿。无数花朵在阳光下开放，蜜蜂和苍蝇四处穿梭。春天的夜里，声音总是小小的，懒懒的，听不见虫子叫，也没有大风掀动门帘，可是我总觉得有什么在四处游荡,轻轻地哼着歌。喜欢高声歌唱的是布谷鸟,无论白天还是夜晚,都能听见它们一边飞过村庄上空,一边唱着永不改变的歌谣:"布谷,布谷,布谷……"

布谷鸟不愿停留,我不知道它们什么模样,住在哪里。我只知道,每当布谷鸟开始歌唱,春天就要结束了,槐花已经枯萎,榆钱片片跌落,柳絮也不再飘飞……那时候,我不必再担心我的柳树了。而在此之前,那些家伙会像小偷一样溜进我的树林,爬上我的柳树,折走我的柳枝,做成属于他们的柳笛。

春天的那些时光,一听见柳笛声,我就开始担心我的柳树。

二

铁山远远地看见了我,但他没有急着从树上爬下来,甚至我捡起一块砖头,扬言要砸烂他脑袋的时候,他还是不紧不慢地折那根柳枝。早前一天,我已经看中了那根长长的枝条,可惜它长的位置太高了,柳树又那么细,我不敢爬上去。

砖头飞上去,铁山急了,骑在树杈上大叫。

"妈的,你不想想种树的时候!"

每次我想把他和他的羊赶出我的树林,他都会这样说。

前年春天,父亲决心把这片土地变成树林,他交给我一个任务,从铁山家的沼气池里提水。自从我们再也不用沼气点灯之后,村庄里的沼气池大部分都填平了,只有铁山家的沼气池变成了一个水窖。铁山曾经捉了一堆青蛙扔进去,然后里面的青蛙变得越来越多,叫声越来越响。去年夏天,我亲眼看见几十只青蛙整整齐齐趴在一根漂着的木头上,有三道眉、花里鼓、气蛤蟆……到了冬天就没了,一只也没剩下,我怀疑它们都进了铁山的肚子。

我用一只小桶把水从沼气池里提出来,灌进两只大桶里。灌满了,父亲就把它们挑走,给我的树苗浇水。

"立山,你不能赶我走,你的树喝了我的水。"

铁山总是这样说。

"就喝了一次……你的羊来了多少次

了？"

虽然我总是觉得自己有理，可是没有他的水，我的树也许真的活不了。

我决定让步，允许他折几根柳枝，但我看中的那一根，必须归我。

铁山爽快地答应了，于是那天上午我们都有了一堆柳笛，短短的，像绿色的铅笔头。我们吹着柳笛，戴着柳枝编成的帽子，穿过树林，走进西边的麦田。

四月已经来临，村庄上空传来悠扬的鸽哨，一些五颜六色的鸟儿，缓慢地从一块麦田飞到另一块麦田，却从不停下。到处是青草和鲜花，拥挤着站在田野上、路边，或者大大小小的坟头上，像一群喧闹的小孩儿。

我们跑到一片油菜花田里，停了下来。阳光在那些金黄的花朵上不停地跳跃。一丝风也没有，但那些花朵却没有一刻安静过。我盯着几只蝴蝶看了一会儿。有一只翅膀上带黄点的蝴蝶围着我转了几圈，差点儿停在我的柳条帽子上。我猛然吹了一下柳笛，蝴蝶飞走了。

铁山开始捕捉那些在花丛中穿行的蜜蜂。可是蜜蜂很聪明，它们轻松地就溜掉了。铁山费了很大工夫终于捉住了一只蜜蜂,两只手捂着给我看。这时,那只蜜蜂撅起屁股蛰了他一下。铁山一巴掌拍死了那只蜜蜂。

送葬的队伍出现在村口,一串白色的孝帽在阳光下格外耀眼。我听到他们呜呜的哭声在花丛中缓缓传过来,有些花朵似乎轻轻地摇晃了一下。

"铁山,你怎么不去哭?"

"你也没去哭。"

"那是你老爷爷,不是我老爷爷。"

"他们说小孩儿不用哭。"

"那四老头儿怎么去哭了?"

"笨蛋啊,四老头儿不是小孩儿,是四叔。"

三

我很久没有见过铁山的老爷爷了。

我叫他老六爷,因为他很老,老到父亲都要管他叫六爷。

老六爷喜欢坐在墙根下晒太阳,扶着一根光溜溜的拐杖,眯着眼,像一只猫。不过,我最后一次看见他的时候,他没有眯着眼,而是用拐杖在地上画一个东西。我背着书包从那儿经过,蹲下来看他画。他画了一只老鼠。

于是我学会了画老鼠,画得到处都是,课本里,作业本背面,烟盒上……所有老鼠都是一个模样:很胖,圆身子,圆脑袋,圆耳朵,四个细爪子,一条长尾巴。

我在春节过后学会了画老鼠,到了柳笛声四处响起的时候,老六爷死了。

人们在铁山家的院子里挖了一个大坑,很多人围着看,我挤在人群里,想看他们在挖什么。等到他们挖出来的时候,一个老太婆伸手捂住了我的眼睛。我从她的手指缝里看到了,是一堆白骨头,很吓人,最吓人的是脑袋,上面光秃秃的,什么也没有,只有几个洞。另一个老太婆接过那个脑袋,一边磕头,一边在那些洞里塞上棉花。

那天傍晚,我向祖母描述那个脑袋,她显得很惊慌。

"你个破孩子,干啥跑去看那个!"

她撇下我,去给老天爷磕头,还烧了香。

晚饭时,祖母告诉母亲,晚上不要让我

单独睡了,免得做噩梦吓傻了。

祖父不以为然:"半大小子,阳气旺,怕什么?"

我赶紧问他,挖出来的那个人是谁。

"是你老六奶奶,埋在那好几十年了。"

"哦……死人的坟头不是都在地里吗?"

"发大水的时候她死了,没处埋,只能埋在院子里。"

"那挖出来干什么?"

"跟你老六爷埋一块儿啊。"

像往常一样,我没有做噩梦,醒来时,院子里阳光灿烂。他们都去参加葬礼了,只有我和弟弟、妹妹在家。后来街上传来哭声,我们赶紧跑出去看。

在一个老头儿的带领下,一队戴着白色孝帽的人哭着向土地庙走去,走得很慢,哭声却很响亮。四叔竟然也在里面,低着头,好像并没有哭。队伍走过我身边的时候,我冲着四叔扔了一根树枝,他瞪了我一眼,没说话。

这一天,哭丧的人一共往土地庙去了三次。

到了晚上,父亲回到家,递给我一个孝帽。

"明天下葬,立山也去吧。"

母亲把帽子夺走了,她不同意我去。

"小孩儿不用去,自己找地方玩儿吧!"

三哥来了,嘴里叼着一个柳笛,像叼着一支烟。他在屋子里转了两圈,猛然一吹,把祖母吓了一跳。

"老三,到院子里吹去!"

三哥嬉笑着溜到院子里,喊我出去。

"立山快过来,我告诉你一个秘密。"

"什么秘密?"

"铁山他爹,你爹,我爹,还有西头的孬种,其实是亲兄弟……"

我立刻吃了一惊。

"你怎么知道的?"

"我爹说的。我爹是老大,孬种是老二,你爹是老三,铁山他爹是老四。我爹说,家里穷,养不起老四,就送给了二爷,二爷是绝户。"

"什么是绝户?"

"不知道。"

三哥走后,我问母亲什么是绝户,她说就是家里没儿子的人。说完了,她有些惊讶。

"你问这个干什么?"

"三哥刚才说二爷是绝户……"

"他还说什么了?"

"还说铁山他爹送给了二爷……是不是真的?"

"是真的。你不要在你奶奶面前乱说,她会不高兴。那时候家里太穷了,要不,也不舍得把孩子送给别人。"

"哦。"

既然铁山不是二爷的亲孙子,那么老六爷也就不是铁山的亲老爷爷了。这件事,铁山知不知道呢?

四

去前磨庄的路上,要经过一个废弃的砖窑,据说里面闹鬼,每次经过那里,我都会走得快一点儿。星期六中午放学后,我刚走到砖窑旁边,四叔从后面追了上来。

"立山,你给我站住!"

"啥事儿？"

"啥事儿？那天你往我身上扔树枝干什么？你不知道我在哭吗？"

"这事儿啊……我以后不扔了，行了吧？"

"再扔你可小心点儿！"

为了表示诚意，我决定送给四叔一只柳笛，他看了一眼，没要。

"你这破柳笛，谁要？看我给你拧一个。"

砖窑边上，站着一棵高大的柳树，我早就注意到它了，但一直不敢去爬。四叔似乎不怕鬼，径直走了过去。

"四老头儿……不是，四叔……那里面不是有鬼吗？"

"有个屁！不对，有屎……哈哈，都是屎，不信你去看看。"

我没去看，坐在路边等他。四叔爬上柳树，折了一根很粗的柳枝，扛在肩上。这哪是什么柳枝啊，简直是一棵小柳树。四叔看穿了我的心思，他一屁股坐在地上，让我仔细看。

"别看这么粗，照样拧得成……我告诉你立山，你要是再敢喊四老头儿，我撕你的嘴！"

正午时分，阳光暖洋洋地照在身上，已经很热了。几只燕子从砖窑里飞进飞出，嘴里衔着泥，似乎要在里面做窝，想来燕子也是不怕鬼的。

我看着四叔把那根粗壮的柳枝修理干净，双手攥着，使劲拧起来。他试了几次，柳枝纹丝不动。如果是细柳条，稍稍用力，树皮就会滑动，把白色的柳条抽出来，一只柳笛就基本上完工了。这根比手指还粗的柳枝让四叔丢了面子，他憋得满脸通红，始终不能把树皮拧下来。

我看烦了，闭上眼，听见蜜蜂的嗡嗡声，似乎在绕着我飞。过了一会儿，声音没了，我猜它可能站在我身上的某个地方。站就站吧，我不信你能扎透我的衣服。恍惚中，我还看见铁山双手捂着蜜蜂给我看，那蜜蜂在他手上蛰了一下，肿了……铁山他爹原来是我的亲四叔啊，四老头儿恐怕知道这件事情，我应该问问他……

正想着，耳边忽然传来一声巨响："呜——"

这声音让我想起了前磨庄的五老磨。五

老磨有一只牛角,每次他来到我们村里,就会吹响那只牛角:"呜——"我听到牛角声,就知道卖馍馍的五老磨来了。

在我闭着眼睛胡思乱想的那一小段时间,四叔完成了他的杰作——一只比筷子还要长,比手指头还要粗的柳笛,并且凑在我耳边吹响了第一声。我惊慌失措的表情一定让四叔十分高兴,他举着那根柳笛,几乎笑得趴到了地上。

尽管四叔慷慨地把那只柳笛送给了我,却没能让我心里的怨恨彻底消失。我握着柳笛一边往家里走,一边嘀咕:四老头儿,你给我等着!

不过,吃完午饭之后,我还是按照四叔的说法,用剪刀在柳笛上挖了七个孔,把它变成了一根真正的笛子。它发出的声音,不再像卖馍馍的牛角声了,倒是有点儿像老六爷葬礼上的喇叭。

五

星期天一大早,我爬上东屋房顶,喊四

叔出来。他躲在门板后面,隔着门缝观察了半天,问我是不是想干坏事儿。

"手里拿的什么?是不是砖头?"

"没有!就是一个柳笛。"

我举着那根粗壮的柳笛给他看,他终于放下心,从门板后面钻了出来。

"怎么样,我给你拧的这个柳笛不错吧?"

"是不错……可是,我挖的这几个洞是不是不对啊?总是吹不响。"

"不响?我怎么昨天下午就听见你吹了?"

"不是我吹的,你听错了。"

"那你数数,是不是七个洞?"

"是七个。"

"那没问题啊,我看看。"

四叔说着,走近了一点。

"不行啊,还是太远,看不见的,你再靠近点儿。"

我指着墙根处的一堆木头,让他爬上来。

四叔低头往木头上爬的时候,我从口袋

里掏出十几粒麦子，装进了柳笛。等到他在木头上站稳了，我把柳笛对准他的脑袋，猛地吹了一口。十几粒麦子像子弹一样射了出去，肯定有几粒打在了他脸上。四叔毫无防备，一边破口大骂，一边从木头上往下爬，匆忙中差点儿滚下去。

互相扔了十几个土块子之后，我们被两边的大人赶出了战场。

整个上午我都很高兴，拿着柳笛向铁山和三哥炫耀了一番。他们受了启发，各自做了一支粗壮的柳笛。当然，有我在，他们不敢打我的柳树的主意。西边麦田里，不知谁家的一棵小柳树遭了殃，脑袋几乎被他们拧下来。

口袋里的一小把麦子很快就吹完了，我们开始吹土。吹土很危险，一不小心就会吸进嘴里。铁山问我有没有吸到嘴里，我说没有，他说他也没有，可是他咳嗽了半天。快到家门口的时候，三哥也咳嗽了。我忍的时间最长，到了院子里才开始咳嗽。

父亲看着我的柳笛，问我干什么了，怎么黑乎乎的，都是泥。我没敢隐瞒，如实说了。说谎是没用的，他只要一问三哥，就什么都知道了。父亲瞪了我一眼，不许我再吹，不管是麦子还是土。他担心我会吹到别人眼里。其实，不用他说我也不想吹了，我吹得太厉害了，腮帮子不舒服，喝水的时候，嗓子也有点儿疼。

父亲似乎对那个柳笛很有兴趣，他把柳笛洗干净，用手指按着七个小孔，吹了一段。我和弟弟、妹妹都听呆了，问他吹的是什么，他说是《东方红》。

"不过我已经记不全了，只能吹一两句。"

父亲兴致上来了，开始讲他在部队里的事。

"这都不算什么，全军汇演的时候，我拿过第一名，说快板拿的第一名。"

他打开抽屉，翻出两个半圆形的小铁板，噼里啪啦打了起来。

"当里个当，当里个当，闲言碎语不要讲……"

母亲喊我们吃饭了，父亲意犹未尽，说他在部队里篮球打得很好，乒乓球也很厉害。

"我是得分后卫，投篮，啪，就进了。"

他做了一个投篮的姿势，紧接着又做了

一个扣球的姿势。

"我喜欢扣球。"

吃饭的时候,他还在说。

"以后有钱了,我就做一个乒乓球桌子,摆在院子中间,冬天不忙的时候,把村里的人喊来,打乒乓球。"

母亲开始笑他。

"你都多大了,还像小孩儿一样满嘴胡话。"

"这怎么算胡话?打乒乓球还不是很容易的事!"

"那我问你,乒乓球桌子摆院子里,拉粮食的时候不碍事?"

"哈哈,我把它做成折叠的,打的时候搬出来,不打就搬走,多简单啊!"

"可是你什么时候会有钱呢?"

"快了,快了……"

父亲是最好的木匠,他要想做,肯定能做成。我想问他什么时候做,可是嗓子疼,什么话都不想说。

六

两天后,我炸腮了,左边的腮帮子肿了起来,很疼。大伯说,是腮腺炎,铁山也得了。

我这才想起来,已经两天没见铁山了。

又过了一天,三哥也害了同样的病,一边腮帮子鼓着,不敢出来见人。

母亲问大伯,炸腮跟吹柳笛有没有关系。大伯说,反正没什么好处,那帮小子吹得太厉害了,整天呜哩哇啦的,狗都烦。

好在炸腮不用打针,我也没什么好担心的。而且,不用去上学,这反倒让我有点儿高兴。

一个偏方传到了母亲手里:把仙人掌捣烂了,敷在腮帮子上,再用纱布和胶带包扎好。

四叔听说了我炸腮的事,特意跑来看。四老头儿没安好心,幸灾乐祸,他装作很关心我,向母亲问了一堆问题,比如疼不疼,痒不痒,吃什么药,有没有好点儿之类,可是一看我的脸,就捂着嘴偷笑。走的时候,他竟然摸出一只柳笛,问我要不要吹一下。我想骂他,都不敢张嘴。

不过四叔也没高兴几天,他的一边脸也鼓了起来,我家的仙人掌于是又少了一块。

很多小孩都得了炸腮的病,大伯说,是传染的。我知道了这个消息,心想,四老头儿专门来看我的笑话,结果被我传染了,真是活该啊。

柳笛就此再见了,但我不能整天闷在家里。一天黄昏,我领着弟弟跑到小学校,想找个人玩儿。放学后的校园里空空荡荡,一个人影儿也没有。杨树的叶子已经长大了,风一吹,发出哗啦哗啦的声音,像很多人在鼓掌。我让弟弟从窗口爬进教室,偷了一支粉笔出来。在渐渐浓重的夜色中,我用那只粉笔在教室外面的墙上画了一百只老鼠。

那是老六爷教我画的老鼠,圆脑袋,圆身子,圆耳朵,细爪子,细尾巴……老六爷死前,大概只画了一种老鼠,而我画的老鼠,有一百种姿势。密密麻麻的老鼠爬在墙上,场面真是壮观。在弟弟惊讶的注视下,我在墙上写了三个大字:百鼠图。

第二天,校长李保发就会看到这些老鼠,他一定会很生气,可是我已经搬到前磨庄去念书了,他不会猜到是我干的。

仙人掌捣成的膏药在我脸上贴了好几天，我觉得痒得厉害，母亲却很高兴。

"痒就说明快好了。"

可是我痒得实在受不了，几次想把那堆难闻的东西抓下来，母亲只好带着我去找大伯。

膏药取下来之后，大伯笑得几乎岔了气。

"哎呀，你捣烂之前，得把刺儿削掉啊！你看这些小刺，贴到脸上不痒就奇怪了。"

那天晚上，全家人围在饭桌前，母亲似乎有点儿不好意思。

"我没问清楚，不知道要把刺儿和皮都削了……"

话没说完，她自己已经笑得不行了。大家跟着一起笑，尤其是妹妹，笑得满脸都是眼泪，只有我愁眉苦脸。

我很纳闷，既然炸腮是小孩子的传染病，为什么妹妹和弟弟没有被传染呢？

葬礼后的第二十八天，是"四七"，大人们都到老六爷坟上去烧纸。我想跟着去，母亲不同意，因为烧纸的时候要放鞭炮，我的炸腮刚好，不能听鞭炮声。我觉得她很可能是在糊弄我。我跑到我的树林里,爬到树上,向老六爷的坟头眺望。麦子已经高得没住腰了,用不了多久,无数麦穗就会直直地钻出来,像一把把小刷子。

我听到了哭声,还有鞭炮声,它们从麦田上空远远地飘过来,很轻。

有个人走出小学校,来到我的树林。是李保发。我骑在树杈上,装作没看见他。

"立山,那些老鼠是你画的吧?"

我着实吃了一惊,没敢说话。

"这都是你兄弟说的啊,哈哈,那小子。"

李保发似乎并不生气,叼着一根烟,笑呵呵地抬头看着我。

此前的某一天,已经放学了,李保发关着门,坐在办公室里改作业。几个穿着开裆裤的小子溜进校园,围着那群老鼠研究了半天。其中一个家伙得意洋洋地说:"看,我哥画的!"李保发探出头,认出了那家伙。

远处,上坟的人正在往回赶,他们排着长队,提着花花绿绿的篮子。绿油油的麦田一望无际,他们大声说笑着,好像刚刚从集市上回来。

"立山，你画得不错啊。"

李保发说完，倒背着手，慢悠悠地走了。

四角

一

祖父不知道,我为什么一直向他要"红满天"。

我总是一放学就找到他。

"爷爷,你的'红满天'抽完了吗?"

"没有。"

"那就快点抽吧。"

我要"红满天"的烟盒子。

其实我也要"大槐树"的烟盒子,还有"47""菊花""官厅""火车头""来凤"……只要是烟盒子,我都要。那些只卖几分钱或者一毛钱的香烟，像一堆花花绿绿的砖头，整齐地摆放在"搬不动"的代销点里。我希望祖父把它们都买回来，把里面的烟一根根抽完，那些烟盒子就归我了。

可是祖父没有那么多钱，他每次只让我买一包。

村庄唯一的代销点里，"搬不动"总是坐在高高的柜台后面，头上顶着一块白手巾。柜台后面很黑，"搬不动"坐在那儿不说话，好像真的不怎么动，只有当我高声喊"买烟啦"的时候，他才会慢慢站起来，接过钱，把一包烟递到我手上。我不喜欢那个老头儿，但他的代销点里有很多香烟盒子，花花绿绿的，摆在黑暗的柜台里面。我有时会想，如果我是"搬不动"的孙子，是不是会拥有数不清的烟盒？

可惜，我只能是祖父的孙子，我只能等着他慢慢抽完一包包"红满天"，慢慢得到一个个烟盒子。

花花绿绿的烟盒子，拆开了就是两张纸，一张裹着另一张。外面的那张花花绿绿，里面的是银色的锡纸。

两张纸刚好可以叠一个四角。

花花绿绿的纸和银色的锡纸，叠出来的是银色和花花绿绿的四角。它有正面和反面。我喜欢把银色叠到正面，太阳照在上面，会闪光。

也有其他样子的四角，用牛皮纸叠的，颜色像泥土，又厚又硬。但是最厚的四角是用纸壳子叠的，鼓着肚子，像个烧饼，我叫它"大宝"。最薄的四角用白纸叠成，很软，很轻，风能把它吹得很远。

三年级的冬天，我常常揣着满满一口袋四角，去赢别人口袋里的四角，或者把我口袋里的四角输给别人。

我最喜欢的对手是三哥，因为他总是输。

那时候，我在自己的村庄读三年级，三哥在前磨庄念二年级。放学后，我就在校园里等他。三哥远远地来了，书包抡得像一个风车。

"立山，今天我要捞本！"

"哈哈，越捞越深。"

我们用鞋子擦平地面，把四角放在上面，每个角都紧紧贴在地上，不留一丝缝隙。然后"剪刀包袱锤"，谁输了谁先动手，用自己的四角去打对方的四角……三哥总是输，无论他先动手还是后动手，几番较量下来，总是我打翻了他的四角。打翻了，我就赢了，口袋里就会又多一个四角。

三哥也是祖父的孙子，但他不会得到"红满天"的烟盒子，因为祖父住在我家里。可是三哥有药盒子，因为他的父亲也就是我的大伯，是整个村庄里唯一的医生。

药盒子很厚，用它叠成的四角更厚，如果再厚一点，就变成了"大宝"。

我不明白，有这么厚的四角，三哥为什么还总是输。

整个冬天，我不断把各种各样的四角运回家里，整整齐齐堆在窗台上。它们是我的战利品，我总是在睡觉前恋恋不舍地看它们一眼，才肯睡去。

二

月光明亮的晚上，三哥忽然跑来，站在我家堂屋门口，不说话，靠着门框蹭来蹭去，似乎揣着满肚子的心事。每次看见他这样，我心里都会咯噔一下，以为他又来告什么状。他不是没干过这样的坏事。有一次我在路边捡到两张卷在一起的五块钱，被三哥看见，眼睛都绿了。

"立山，必须交公啊！"

"我交五块……买了瓜子我会分给你一把……你不要乱说……"

"好吧。"

回到家，我上交了五块钱。我惴惴不安地对母亲说："就在路边，五块钱躺在那儿，上面还有露水呢。"母亲审问了半天，在确认这皱巴巴的钞票不是我偷来的之后，叹口气说："要是十块就好了，可以买二十只小鸡。"我说："是啊，是啊，五块钱只能买十只……"

三哥就在那时候啃着一只馒头来到我家，站在门口，不说话，只是蹭来蹭去，像在蹭痒痒。我赶紧低下头，装作没看见他。然后我就听见了那句让我恨得牙痒的话："三婶儿，你们家立山捡了十块钱……"

说完，他扭头走了。

三哥在明亮的月光下背靠门框蹭来蹭去，让我胆战心惊。

他知道些什么?半年多过去了,从夏天到冬天,尽管我走路时总是死盯着路面,却再也没有捡到过一分钱,而那二十只小鸡都快变成老鸡了……我揍松伟的时候,他没在跟前,肯定不是这事……难道是我往树生家猪身上撒尿的事?可是他也尿了啊……

父亲说:"老三,进来吧,外面多冷。"

三哥终于说话了:"我找立山出去玩儿。"

大冷天,有什么好玩的?

我和三哥一前一后走出院门,黑子摇着尾巴,一声不响跟在后面。

大路上空空荡荡,只有几条狗慢腾腾地四处溜达。黑子丢下我们,混到狗堆里去了。然后它们开始打架。叫声又引来了更多的狗,在明亮寒冷的月光下四处乱窜。

"立山,打四角吧。"

"现在?"

"是啊,我要捞本……白天我可没空……"

"晚上你也捞不走啊。"

"不一定……"

我这才看见,他手里早已抓着一个四角

了。

"好吧,你可别后悔啊。"

我和三哥在月光下开始打四角,啪啪的声音把那群狗都招来了。一个人从旁边走过,惊讶地说:"我还以为都是狗呢,原来还有人……你们真刻苦啊,半夜三更打四角。"

我们没理他。

真奇怪,三哥那个看上去薄薄的四角竟然很厉害,怎么打都打不翻,而我口袋里的几个四角,转眼就被他赢走了。以前,他可从来没赢过我。

三哥显得十分得意。

"没有了吧?"

"怎么没有?我家里多的是,明天放学了,我们继续打。"

"白天我可没空……放学了我得打扫卫生……还是晚上吧。"

"晚上就晚上。"

那天晚上,我输了五个"红满天",躺在被窝里,翻来覆去睡不着。弟弟说:

"立山,你输了几个?"

"你怎么知道我输了?"

"我看见了……我就跟在黑子后面。"

我费力地把手从被窝里掏出来,一巴掌打在他头上。他没敢吱声。

三

连续三个晚上,我输了二十个四角。在往常我一个月也输不了这么多,往常我只会赢,一个月赢来的四角,足够装满一书包。我想了很久都不明白是怎么回事,因为我只在晚上输给三哥,白天和别人打的时候,我依然在不停地赢。

第四天晚上,我装了一口袋四角准备出门,弟弟忽然说:

"还去啊?他那是个宝贝。"

"宝你个……"

我刚想骂他,就被父亲瞪了一眼。

三哥准时等在巷子拐角的月亮下,不停地跺着脚。

"快点快点……今天想输几个啊?"

还没等我回答,他已经把四角放到了地上。还是那个四角,看上去薄薄的,牛皮纸,什么花纹都没有。我弯下腰,装作要把自己的四角放到地上,然后乘他不注意,忽然抓起了他的宝贝。我撒腿往回跑的时候,听见三哥跟在后面扯着嗓子大骂。

"你个龟孙!"

骂吧骂吧,我爷爷也是你爷爷。

其实我并不想要三哥的四角,我只是想拿到灯下看看,一眼就行。

"妈的看一眼也不行吗?"

"不行!"

但我非看不行。

我气喘吁吁跑进院门,堂屋门口的灯还亮着,母亲的声音从屋里隐隐传出:"听听,那两个家伙在骂谁?"然后是弟弟的声音:"在骂龟孙。"三哥追进院子,看到我已经在灯下打量那个四角,忽然转身走了。

然后,就变成了我追他。当然没追上,我跑到巷子拐角时,他已经跑进院子,重重地关上了大门。我从路边摸到一块砖头,隔着院墙扔了进去,咚的一声,也不知道砸在了什么地方,好像是猪圈的顶棚。那几头蠢猪嗷嗷叫的时候,我开始破口大骂,三哥却始终没有回应，他像乌龟一样缩着头躲了起来。后来有两条狗来了，蹲在路边看。然后弟弟也来了，站在墙角，拼命吸着鼻涕。再后来，父亲揪住我的耳朵，把我拎回了家。

"刚才在骂谁？"

"骂他舅姥爷……"

"他舅姥爷怎么你了？"

"他舅姥爷是个三瓣嘴，兔子……啃玉米的时候就露出一只牙……"

父亲始终黑着脸，很生气的样子，母亲却忽然笑了起来："小心点，他舅姥爷知道了非揍你不可。"

睡觉时，我的耳朵一直疼，父亲真是下了狠手。黑暗中，弟弟小声问我：

"又输了？"

"没有……那个龟孙做了个两面翻，怪不得不敢白天打，怕被我看出来……两面翻知道吧？两面一模一样，怎么打都是正面。"

"要报仇吗？"

"要。"

"哦，还得打架……要不要带狗？"

我没理他。过了一会儿，我快睡着了，

他又忽然张口。

"三哥他舅姥爷真是三瓣嘴?"

"不知道。"

"哦,要是真的,就跟三豁子一样。"

然后他就睡着了。

四

连续好几天三哥都没来,我也没去找他。报仇可真没什么意思,他有两个哥哥,一条大狗,我只有一个弟弟和一条小狗,肯定打不过他。事实上,那一丝仇恨只在我心里晃荡了一夜,到了第二天早晨,我已经把它忘得一干二净,就像它从没出现过一样。我在那天早晨寒冷的雾气中走向学校时,脑海中不断浮现着一个念头:我要不要也做一个两面翻?

做那样一个东西,显然不需要费什么力气,既然考试总是吃鸭蛋的三哥都能做出来,那么我肯定能做出来,而且会做得更好,更漂亮,也更不容易被人看出来。但问题是,万一被人发现了呢?他们或许会以为,以前我之所以总是赢，都是靠了那个两面翻的帮忙，他们或许会要回他们的四角，或许会告诉校长，或许会偷偷拆坏我的凳子，狠狠地摔我一下，或许会丢一条死蛇到我书包里……

我被这个念头折磨了一上午，忽然觉得十分疲倦。中午放学时，安家老三喊我去打四角，我没去，只是站在旁边看了一会儿。那几个人轮流上场，谁输了谁下，那么冷的天气，居然累得满头大汗，而且似乎没人感到饥饿。

当然，也没有人用两面翻。

远处，几个一年级的小子在比赛爬墙头，抱着墙边的老榆树上去，再抱着老榆树溜下来。"笨蛋，裤裆磨烂了吧！"

安家老三冲着那群家伙吼了一嗓子。

其实他也经常那么干，而且还是夏天……笨蛋，你磨烂的可不只是裤裆啊，捂着鸡鸡蹲在地上的人不是你是谁？

我转身准备回家的时候，忽然听见一声惨叫，回头一看，一个小子从墙上跌了下来。不过他没跌到地上，而是一只脚卡在墙和树之间，像猴子一样倒吊在那里。那几个爬墙的小子全都愣住了，安家老三开始哈哈大笑。

"笨蛋啊!"

我走过去想把那只猴子救下来,走到跟前却忽然停住。

那猴子是军,我家的仇人。他家和我家打架的时候,他爹提着一把斧头。街上围满了看热闹的人,一个老太婆站在斧头前面说:"老二,你要想砍老三,先把我砍了吧。"老二当然没敢砍了老三,可我们两家再也不说话了。母亲对我说:"那个孬种,永远不许再叫他二大爷,见了他家的人,看都不要看一眼!"那个挡了斧头的老太太说:"亲兄弟怎么能这样啊?"可他们就这样了,从亲兄弟变成了仇人。

可我还是糊里糊涂把那只猴子救了下来。军趴在地上喘了半天,爬起来跑走了。我看见他回头疑惑地看了我一眼。我还看见弟弟愣愣地站在不远处,脸上同样是迷惑不解的表情。

"立山,回家吃饭了。"

他拖着一根树枝,哗啦哗啦地走在前面。走到家门口,他忽然回头问我:

"那个孬种……"

"闭嘴!"

午饭时,弟弟几次想说话,都被我制止了。母亲说:"不好好吃饭,你踢他干什么?"我没敢吱声。后来我对弟弟说:"那个弹弓你可以玩一下午……"他立即兴奋起来,飞快吃完了饭:"好了,立山,把弹弓拿来吧。"

那天下午放学后,我赢了很多四角,安家老三掏空了自己的口袋,红着脸回家了。另外几个家伙也好不到哪儿去。后来军小心翼翼凑过来,把一只四角摆到了地上。我知道他等了好久,一直不敢参加。那是一只崭新的四角,用画纸叠的,一面红一面绿,很好看。我看也没看他一眼,干净利落地把那只四角赢了过来。

然后,军高兴地走了。

五

三哥再次出现在我家院子里时,天空正落着细细的雪粒。他戴着一顶像瓜皮一样的帽子,怀里抱着一个红薯,稀里哗啦地啃着。那时我正对着一个纸箱子较劲,故意装作没看见他。我想叠一个巨大的四角,但纸箱子太厚,半天也没叠成。三哥一言不发地啃完红薯,扭头走了。我忽然有一点失落。但是没过一会儿,他又回来了,抱着几个药盒子,扑通一声丢在我面前。

那天上午一丝风也没有,也没有成群的麻雀站在枣树上,只有无尽的细雪不停落下来。我和三哥重归于好,在屋檐下哆哆嗦嗦地制作出了一堆像瓦片一样厚的四角。那些四角摔在地上,发出雄壮的砰砰的声音,好像我们手里拿的不是四角,而是一块块变成了四角的石头。三哥似乎依然怀着一丝愧疚,他无比慷慨地分给我六个四角,而他只留下四个。这一举动让我彻底原谅了他,想要回被骗走的二十个四角的想法也不翼而飞。我们在黑子好奇的注视下达成协议,从此以后不再为敌,只和别人打四角,如果遇到打架,无论什么原因,都要互相帮忙。

像往常一样,三哥发了誓,绝不把我们之间的这次谈话告诉任何人。三哥说:"谁要是说出去,谁就是龟孙。"

但是到了下午,情况就发生了巨大变化。

铁山来了,并且强烈要求加入进来。我

这才知道,三哥一出门,就把谈话的内容全部告诉了铁山。像三哥一样,铁山也发了誓,保证不对其他人说,否则他爷爷出门就被狗咬。三哥提醒铁山,我们三个人伙着一个爷爷。铁山想了想,把被狗咬的那个人换成了他姥爷。然后我们一起爬到我家东屋房顶上,往四叔院子里扔了一个砖头。那时雪粒已经渐渐变成了雪花,地上铺满了薄薄的积雪,几只母鸡披着雪花在院子里觅食,砖头落下后,四散逃开。四叔恶狠狠地从院子里冲出来,躲在门板后探头观望。他似乎在忙着什么,骂了一顿之后,转身要走。我们要求他入伙,他拒绝了,而且还骂我们是小屁孩儿。我忽然想起来,四叔最近总是和安家老三他们混在一块儿,想来已经入了他们的伙了。于是我们又往他院子里丢了一块砖头,就溜下房顶,跑到了街上。

那天下午我们遇到的第一个对手是校长李保发的儿子,他扛着一根光滑的杨树棍子,上面用钢笔歪歪扭扭地写着一行字,"金古bang"。我们拦住了他,在夸奖了他的棍子之后,成功地使他答应和我们打四角,并且把口袋里的四角全部输给了我们。

第二个对手是住在成家巷子里的新江,我们栽在了他手里。谁都没料到,新江居然有一个更大的大宝,不仅大,而且厚,看起来像一个馒头。铁山把自己最得意的四角输给新江之后,骂了新江的爷爷,然后他们就打了起来。两个人身上沾满了雪片,看起来好像刚从面缸里爬出来一样。最后铁山被新江按在雪地里,发誓从此以后再也不骂他爷爷。新江个子很高,我和三哥看了一会儿,转身走了。

那天回到家,我总觉得有什么不对劲,不知道再遇见铁山时,该怎么说。

后来我又想,有人揍他一顿也好,谁让他拔掉了我的桃树呢……

可我还是觉得不对劲。

六

第二天早晨,雪停了,阳光亮得耀眼。我和弟弟在院子里堆了一个很大的雪人,戴着草帽,扛着一把扫帚。弟弟说:

"雪人扛个扫帚干吗?"

"扫雪。"

我们在雪人前面支了个筛子,撒了麦粒,捉麻雀。可是麻雀们贼得很,只在筛子扣不到的地方转悠。我和弟弟躲在棉布门帘后等了很久,一只麻雀也没捉住,只好恶狠狠地扣住了一只母鸡。母鸡力量很大,顶着筛子跑了。

这时候铁山来了,我眼睁睁看着他一脚踢碎了雪人。弟弟急了,冲着铁山大骂:"狗日的!"铁山说:"再骂我撕你的嘴!"

我也很生气,但什么也没说。

铁山说:"昨天你们没看到吧?我把新江狠狠揍了一顿,揍得他直喊爹……你们走早了,再晚一会儿就能看见了。"

"他真喊你爹了?"

"是啊,真喊了……三叔没在家?"

"没有。"

"三婶也没在家?"

"没有。"

铁山不再说新江喊他爹的事。他从口袋

里掏出了一包烟。

"你哪来的烟?"

"偷的,从'搬不动'那儿偷的。"

那是我第一次抽烟,强烈的烟草味熏得我咳嗽不已,屋顶好像也旋转了起来。一整天我都觉得头晕,卧在炕上不想起来。母亲以为我病了,让我吃药。我不吃。弟弟说:

"抽烟也要吃药?"

"滚!"

母亲立刻变了脸色。

"你抽烟了?"

"没有……"

"再说一遍!"

"……"

虽然母亲没打我,但我始终提心吊胆,生怕她告诉父亲。还好什么都没有发生。

晚饭过后,铁山和三哥一前一后来喊我。我一看他们的表情,就知道他们已经商量好了。不过我不知道是什么事。

外面,月亮又圆又大,雪地上泛着一片

银光。我们来到"搬不动"的代销点里时，几个老头儿正围着火炉打牌。我们装作若无其事的样子，走到柜台里面，围着牌桌看。我爷爷也在那群老头儿里面，不知道是赢了还是输了。他没理我们。"搬不动"也没理我们。我们站在"搬不动"身后，倒背着手，在货架上悄悄摸索。

十几分钟后，我们回到月亮下，趟着厚厚的积雪回家。没有人说话。走到土地庙前面，铁山忽然说："发誓……谁要说出去，谁是龟孙。"

我们都发了誓。

我手里攥着一包烟，走到家门口才敢看了一眼，是一包"红满天"。不知道三哥和铁山偷了什么。

我在惴惴不安中度过了新年来临前的最后几天，总害怕"搬不动"会找上门来。我试着把那包烟藏在各种地方：书包、粮仓、狗窝、煤堆、柴垛……后来在柴垛里，它不见了。于是我又四处去找，急得不知所措。等到我确信无法找到它之后，终于松了一口气。那种战战兢兢、心跳不止的感觉,那种我在柜台里面摸索时的恐惧和慌乱,随着那包"红满天"的不翼而飞,彻底消失了。

沙包

一

铁山抱着一只巨大的沙包来找我时,我没想到那里面藏着阴谋。尽管他总是使坏,可一只沙包又能怎样呢?

"我扔你接啊!"

铁山双手揉着那只沙包,站在枣树下面。他说话时明显不怀好意。

"干吗不是我扔你接?"

"哎呀,下一次你扔我接!怕什么,不就是试试沙包嘛!"

弟弟正在台阶上玩泥巴,摔得啪啪响,

也不知道在做什么东西。听见我们讨论沙包，他忽然走了过来。

"铁山，让我接吧！"

"去去去，你太小，接不住，玩你的尿泥去吧！"

我还在犹豫……三天前，他送给我一个纸盒子，说里面装着一只青蛙，他刚刚捉的，在南大坑里，费了不少劲儿……他说："你打开看看啊，是个花里鼓。"我打开了，从里面窜出一只癞蛤蟆，差点跳到我脸上，吓得我魂儿都飞了。

铁山显得很不耐烦。

"赶紧啊，准备好没？"

"那我接住又怎样？"

"接住了就送给你……你接不住！"

"你怎么知道我接不住？"

"你就是接不住！"

"哑，你扔吧。"

我弓着腰，张开双手，眼睁睁看着铁山抡起胳膊，把沙包扔了过来。沙包的速度很快，带着风声，嗖的一下。当我猛然反悔，想把伸出去的手缩回来的时候，已经来不及了。

那只鼓着肚子比馒头还大的沙包,重重地砸在我手上,发出雄壮的"嘭"声。我疼得蹲到地上,闭着眼揉那只手。睁开眼时,铁山早已不见了,只有弟弟抱着那只沙包上下打量。

那天上午,我从大伯的诊所里出来,看到弟弟已经把那只重量惊人的沙包拦腰剪开。他好像发现了重大秘密一般,一副洋洋得意的模样。

"看吧,都是石头子儿,那个龟孙太坏了。"

三哥跟在后面,盯着那堆石头子儿看了半天,愤愤不平。

"这是松伟家盖房子用的,你也去抓一把回来吧。"

"抓来干吗?"

"你笨蛋啊?也做一个沙包,去砸铁山!"

"是你笨蛋吧,他会接吗?"

"那……那就让二庆接。"

二庆是铁山的弟弟。这倒是个好主意。

我让弟弟把那堆石头子儿装起来,他不

想干。

"你不能自己装啊?"

"你看看我的手!"

我的右手肿了,刚擦了酒精。那只沙包恶狠狠地砸在了我的手背上。铁山那龟孙真是发了狠劲儿啊。

弟弟看都没看我的手,转身想走。

"你可以用另一只手啊。"

我追过去,一脚踢在他屁股上。

临近中午时,他还在哭,稀里哗啦的,怎么劝都不行。我很害怕。如果这小子告我一状,麻烦会比较大。说不定,他还会一并抖出其他事。铁山来找我之前,我正在拆一辆旧自行车的后轮,并且剪坏了车胎。

"那本《燕子李三》,你还想不想要?"

"……想……"

"那就别哭了。"

他抱着《燕子李三》,满脸泪水,但哭声已经停止。

那是我最喜欢的一本小人书……不能就这样归了你……我一边揉着手背,一边琢磨,该用什么办法把《燕子李三》骗回来。不过,在父母回到家之前,只要他不哭就行了,其他事以后慢慢说。

午饭时,弟弟一言不发。母亲觉得不对劲,看看他的脸,问我:

"你打他了?"

"没有!"

"那他怎么哭了?"

"他没哭啊……永山,你哭啦?"

弟弟没说话,妹妹抢着说:"哭了,哭了半天了,我都听见了。"

母亲瞪了我一眼,继续问弟弟:"他打你了?"

"……没有……就是踢了我一脚……"

这句话带来的后果,是我被父亲狠狠训了一顿,并且不允许我下午继续待在家里,必须到地里去干活儿,给玉米剔苗。那时候我真希望老祖母能帮我说说好话,可是她到姑姑家去了。每年放暑假,她都会到姑姑家去住些日子,不知道多久才会回来。

二

连续几天铁山都没来,二庆也没来。好像他们商量好了,要躲着我。

等到二庆终于出现在我家门口的大路上,我的手早已不疼了,但我还是骑在墙头上,远远地喊他过来。

"二庆,快来啊,永山找你呢!"

二庆溜溜达达地走了过来……看来他们没商量好。

我跳下墙头,等着他,手都有点儿抖了。我还没揍过他呢。

这时候弟弟忽然出现在门口,冲着二庆大喊:"快跑,他要揍你!"

二庆转过身没命地跑了。我跟在后面,追到大路上,没追上,转身去找弟弟。

"王八蛋……"

"你要是敢揍我,我就把你拆自行车的事儿说出去……"

我没敢揍他,但是把《燕子李三》要了回来。事实上,是他主动给我的。

"这样行了吧,立山?"

那天真是倒霉,我没揍成二庆,却被二庆他爹找上门来,不分青红皂白在我脑袋上拍了一巴掌。

"你是哥哥,怎么能揍弟弟?"

"我没揍他啊!"

"没揍他哭什么?"

"我不知道啊!"

弟弟在旁边帮我说话:"这回真没揍,二庆跑得快。"

二庆他爹走后,我坐在院子里,咬牙切齿地骂了一顿。

当天晚上,我听父亲说,二庆他爹在菜地里挂了个牌子,写了一行字,"此菜有毒",结果菜就被人偷走了,一棵也没剩下。

这事儿让我很高兴,就不再恨二庆他爹了。

又过了几天,铁山主动跑来,问我想不想吃桃子。我站在枣树下面,特意把右手伸出来,翻来覆去地揉。铁山装作没看见,只管说他的桃子。

"这么大!"

他用手比画着,好像那不是一个桃子,

而是一个冬瓜。

我说我不信,但还是决定去他家看一看。弟弟和黑子跟在后面,我看见他口水都出来了,真没出息。

那天上午,铁山趁他爹不在家,偷偷用一簸箕麦子换了半簸箕桃子。他吃不完,就喊别人来吃。三哥和松伟也来了,每个人抱着几个桃子,拼命地啃。我一口气吃了四个。

"快点儿,必须吃完!"

吃完桃子,铁山在院墙下挖了个坑,把桃核埋了进去。

"谁也不能说啊,谁说出去谁是龟孙!"

我们都答应不说。

整个上午气氛很好,所有的恩怨都因为那堆桃子一笔勾销了。铁山甚至向我许诺,要找一天再做一个石头沙包,去砸四叔的手,因为四叔曾经往我家院子里扔过砖头。我说那事儿都过去很久了,四叔是在春节时候扔的,我和他现在不算有仇了。铁山不同意,坚持要替我报仇。我说,那你自己去,我不能在场。他也答应了。

后来我们开始玩火。铁山找到一堆老棉

花，缠在棍子上，蘸上柴油，点着了，在屋子里四处挥舞，像个金箍棒。舞了一阵子，铁山觉得不过瘾。

"是不是火苗太小了？"

"是啊是啊。"

围观的人异口同声。

一瓶没喝完的白酒被铁山从柜子里搬了出来。

"电视里就是这样弄的吧？"

他喝一口酒，含在嘴里，冲着火苗喷过去。是啊是啊，电视里就是这样的。到村子里来演出的马戏团也是这样的，当然，马戏团的人还会吞宝剑，劈砖头，赤脚站在烧红的铁板上，踩着铡刀爬梯子。无论如何，铁山已经很厉害了，敢把白酒含在嘴里，就很厉害，何况他喷出去的火苗不比马戏团的小。

铁山很受鼓舞，追着我们一口接一口地喷火，我们在屋子里狂叫着四处躲藏。弟弟很兴奋，哇哇乱叫，跑得满头大汗。

这时候门开了，铁山他爹黑着脸走进来，一把抢走了铁山手里的火把。

我们赶紧溜了出去。

然后，屋里传出了铁山撕心裂肺的惨叫声。

三

黄昏时候，一个外乡人背着布袋，出现在我家院子里。布袋很破，很脏，原本应该是白色的，现在看上去跟黑的一样。我一看她手里的碗，就知道她是来讨饭的。母亲闻声走出厨房，让我给那人搬个凳子。

"坐下歇会儿吧。"

"不坐了，大嫂……老家遭灾了，没饭吃了……"

"那你就喝口水。"

"不用不用，我不渴……"

她的口音有点奇怪。我猜她住得很远，或许比县城还远。

我从水缸里舀了一瓢水，她接过去，咕咚咕咚全喝了。

母亲从厨房里拿出两个馒头递给她，又让我接过那人的碗，去给她装一碗麦子。弟弟跟在身后，一脸疑惑的样子。

"立山,这是哪儿的亲戚?"

"不是亲戚。"

"那干吗给她馒头?"

"她没饭吃了。"

"哦。"

装麦子的时候,我抓了两把,塞进口袋里。

"立山,你偷麦子干啥?"

"你管!"

"换桃子?"

我没理他。

讨饭的外乡人接过麦子,眼泪汪汪地走了。母亲送到大门口,盯着她的背影看了半天。

"看她瘦成什么样子了……她儿子恐怕跟你一样大。立山,你得好好念书,别浪费了那些麦子。你念书的钱,都是用麦子换来的。"

"嗯……我知道了。"

弟弟赶紧走过来,摸我的口袋。

"这些麦子能换多少钱?"

"滚!"

我一把推开他的手,准备溜出去。母亲

立刻拦住了我。

"回来！你装麦子干什么？"

"我……"

"我猜他是要换桃子！"

我瞪了弟弟一眼。他有恃无恐，说话时眉飞色舞。

"上次铁山偷换桃子，他吃了四个，他肯定还想吃！"

母亲扭头训斥弟弟。

"你吃了没？"

"吃了，但我只吃了两个，立山吃了四个。"

"一个也不能吃，偷的东西，碰都不能碰。"

我猜母亲又要讲那个"小时偷针，长大偷金"的故事了……可我真不是偷。

"我……只是想做个沙包。"

母亲一听，松了口气。

"做沙包用什么不行？非要用麦子。麦子很贵，收麦子又那么辛苦，你在地里累得腰疼，你都忘了？"

"那我不用麦子了。"

可是不用麦子,我该用什么?玉米肯定也不行,何况玉米粒那么大,跟石头子儿差不多。黄豆更不行,也大,而且我知道黄豆更贵。每年家里只种半亩黄豆,还会被兔子啃掉许多,收到家里只剩一麻袋。父亲会小心地把黄豆挂在房梁上,防备老鼠偷吃。我曾经想过用土做沙包,但那不算什么好主意。沙包做好后,我跟安家老三他们玩儿,一脚踢出去,沙包好像爆炸了一样,灰尘弥漫,惹得安家老三狂笑不止。

"你这是个土炸弹!"

我还到好印家的磨坊里,向他要了些麦麸。麦麸倒是不会爆炸,可是太轻了,用它做成的沙包软绵绵的,踢不高,也扔不远。

那天晚上,我躺在院子里的凉席上,琢磨了半天,忽然想出一个好主意。

我把弟弟推醒,告诉他,如果他肯帮忙,《大刀王五》可以归他看十天。

"帮什么忙?"

"明天你去把二庆和三涛喊过来。"

"又要揍他们?我不去。"

"不揍,放心吧,好事。"

四

收获之后的麦田里安安静静,一个人也没有。连鸟儿都看不见。只有满地麦茬儿,齐刷刷站着,在太阳直射下,泛着惨白的光。没有风,天气又热又闷,这样的天气,不要说干活了,走几步路都会满头大汗。

我的树林也是安安静静的,一百零九棵树站在那,纹丝不动,杨树、柳树、榆树,还有一棵带刺的槐树。那些平日叽叽喳喳的麻雀们,大概都躲起来避暑了。它们聪明得很,只在早晨和黄昏才四处乱窜,太阳一大,就没了踪影。

弟弟领着二庆和三涛远远走了过来,像三条狗,呵呵地喘着气。

那时,我已经坐在树荫下等了半天。

"立山,到底什么好事儿啊?"

三个人扑通坐在地上,虽然热得够呛,却是迫不及待。

我掏出一堆贴画,整整齐齐摆在地上,

让他们挑。

他们看看我,没动。

"不想要啊?"

"要你也不给……上次都挑过了,你说话不算数。"

"上次不一样,你们不是没完成任务嘛!"

"那个窗户根本钻不进去。"

我上次让他们钻到小学教室里偷粉笔……

"这次不用偷,真的,非常简单。"

"那是干啥?"

"到地里捡麦穗,十个麦穗换一张贴画。"

三个人爬起来就走进阳光里去了。弟弟一边走,一边回头看我。

"立山,那张孙悟空要给我啊。"

"行,快去吧。"

光秃秃的麦茬地里,三个家伙像三个小偷儿,弓着腰,四处寻找。慢慢地,他们走远了,仿佛被罩进了蒸汽里,身影歪歪扭扭。

一个戴着大草帽儿的老头儿从麦田边经

过,疑惑地看了看远处。

"那三个家伙在干啥?"

"捡麦穗。"

"哈哈,别人都捡过一百遍了,你们还想捡?太热了,别中暑了啊!"

我没理他。

老头儿走后,我忽然有些担心。前两天,大伯给成家巷子的老郭去打针,不就是因为中暑吗?大伯还说,中暑要是很严重,也可能没命的……

我站起身,喊他们回来。他们远远地看看我,没吱声,继续找。

再喊,干脆连头也不抬了。

我急了。

"赶紧给我回来,要不就不给了啊!"

三个人急匆匆走回来,衣服贴在身上,头发像刚洗过,脸上花里胡哨,泥和汗水搅和在一起,眼睛都快睁不开了……幸好,我扛了一壶水来。

"三涛,你先喝。"

三涛年龄最小,咕咚喝了一阵子。喝完了,似乎有点儿后悔。

"哥,是不是喝了水就不给了?"

"给给给,赶紧喝吧。"

他们喝完水,扯开口袋让我看。一个麦穗也没有,只有麦粒,黑瘦黑瘦的麦粒,好像被火烧过一样,总共不过一大把。他们翻弄着自己的麦粒,不知所措。我悄悄算了一下:一个麦穗三十粒麦子,十个麦穗三百粒,三十个麦穗九百粒……算了,累死他们也捡不到这么多。

我给他们每人两张贴画,让他们赶紧回家,中午不许再出来。

"回去要多喝水啊……还有,不许告诉别人。"

二庆和三涛兴高采烈地走了。

弟弟跟在我身后,慢腾腾向家里走。

我没食言,把孙悟空那张给了他。

快到家门口时,他还是忍不住问了我一句。

"到底是不是要换桃子啊?"

"不是。"

"那你要麦子干啥?"

"做沙包。"

"哦。"

五

如果我央求母亲帮我缝一个沙包，她不会不同意，但是我没办法向她解释，这些黑瘦黑瘦的麦子是从哪里弄来的。弟弟倒是可以证明，这些麦子光明正大，不是偷的，也不是抢的，但他准保把我让他捡麦子的事一起说出来。那是交易，多少有点儿欺骗的意思，母亲不喜欢。况且，就算弟弟没把那事抖出来，就算母亲相信这些麦子是捡来的，她也一定会觉得我是在浪费粮食。母亲和祖母一样，认为浪费粮食很可耻，是犯罪。

"你不知道粮食多珍贵，让你到三年困难时期的时候过几天，你就知道了。"

什么是三年困难时期，我不知道，但母亲显然很熟悉，她经常说这个词，还有生产队、工分、知识青年、毛主席语录什么的。

祖母说的是另外一些东西，比如地主、皇伪军、炮楼、八路军、国民党……

每次说到粮食，老祖母就叹气。

"饿死多少人啊……我哥哥到石家庄去投亲戚，没粮食，一路上吃的是棉花籽。"

我后来专门去看棉花籽，黑魆魆的，很硬，上面都是毛，不知道怎么能吃下去。

可是不管怎样，我知道老祖母会帮我缝沙包的，哪怕我用的是麦子，哪怕我用的是从自家粮仓里偷出来的麦子，她也会帮我缝的，而且她也不会告诉母亲。但是老祖母不在家，她住在三里地之外的姑姑家里，我不知道她什么时候回来。

我决定自己动手，缝一个沙包。

我在缝纫机的抽屉里四处翻找布头，引起了妹妹的怀疑。

"你在找什么？"

"找几块布。"

"找布干什么？"

我不想说，但是妹妹猜了出来。

"你要缝沙包？"

"嗯……你怎么知道？"

"你捡麦子的事我都知道，永山告诉我的。"

那家伙吃完早饭就跑出去玩了，好吧，

算他走运，否则，我当场就会要回那两张贴画，再往他屁股上飞起一脚。

我忽然想起来，妹妹曾经缝过什么东西，似乎是一只破了洞的袜子。

"要不你帮我缝一个沙包？"

"我不会。"

"你可以学啊。"

"你也可以学啊。"

她不肯帮忙，我只好自己学。

那些用六块布缝成的沙包，我自然是学不会的，太复杂。两块布的那种应该不至于太难吧，就像枕头一样，三面缝在一起，留个口，把麦子装进去，再把口缝上。

临近中午的时候，一只沙包总算被我缝制成功了，为此，手指头上还挨了好几针。

但我只看了一眼，就抄起剪刀把它剪破了。

太难看了，太大了，简直像个破麻袋，拿出去不知道会有多少人嘲笑我。

我若无其事地把那堆黑瘦黑瘦的麦子掏出来，塞进口袋里，然后迅速把剪坏的"破麻袋"丢到了角落里。

午饭时,妹妹问我,沙包做得怎样了,我说我根本就没做。她似乎不太相信。

六

老祖母迟迟没有回来,我疑心她是不是不打算回来了,要在姑姑家里一直住下去。

我跑去问祖父,他说不知道,急匆匆地出去了。隔壁树生家里,两个老头儿,一个老太太,早已摆好了纸牌,等着祖父过去,好把他口袋里的几毛钱都赢走。母亲抱怨说,自从老祖母去了连庄,祖父就住到了牌桌上。

我决定把祖母接回来。

母亲不同意。

"你姑姑家很忙,你奶奶在那里帮她做饭呢。再说了,你不会骑车,怎么去接她?"

"我拉着排子车,让奶奶坐在上面,把她拉回来。"

"你拉得动吗?好几里路,都是坑。"

"拉得动啊,又不是没拉过。"

"那你去吧,让永山跟着,做伴儿。"

第二天早晨我们出发了。我,弟弟,还

有黑子。我戴着一个草帽，弟弟也戴着一个草帽，坐在车上，抱着一只水壶。黑子远远跑在前面，它认识路。

在村口我们遇见了三哥，他正在地里找马泡。

"立山，你要去哪儿？"

"去接奶奶，你去不去？"

"我去！"

三哥急急忙忙地，想爬上车。我没让。

"你想累死我啊？你得帮我推！"

"你拉一会儿，我再拉一会儿，不就行了？"

我拉着他们俩，累得气喘吁吁，走到小学校时，三哥忽然递给我一个马泡。

"吃一个？"

"不吃，太苦了。"

"这个不苦，熟了，是甜的。"

呸，鬼才信。

"那你先吃一个。"

"吃就吃。"

三哥抓起一个马泡，塞进嘴里，稀里哗

啦嚼了起来。

"怎么样？吃不吃？"

"好吧，给我一个。"

弟弟也要了一个。

我把车停在路上，把马泡塞进了嘴里……

"妈的，谁说不苦？"

弟弟也嚼了，我看见他咧着嘴，吐着舌头，已经快哭了。

三哥跳下车，哈哈笑着跑走了。我抓起一个土块子向他砸过去，没砸到。三哥跑得飞快，转眼就不见了。我从弟弟怀里拿过水壶，一边漱口，一边恶狠狠地琢磨报仇的办法。弟弟终于没忍住，哭了起来，听着让人心烦。我劝了两句，不管用，只好骗他说，姑姑家里种满了草莓，到时候管你吃饱，嘴里肯定就不苦了。

姑姑家里的确种了草莓，只是草莓的季节早已过去，现在，连草莓的叶子都见不到了。

弟弟不知道，停止了哭泣。

那天的路真长，我们走过小学校，走过一个大坑，又走过姥姥村子西头的小学校，和姥姥村子西头的大坑，还有姥姥村子南头的杏树林，最后走到了一条长满大杨树的小路上。我知道，看到杨树林，就到连庄了。姑姑住在杨树林边上，门口有一个很大的水井，那里的水比我们家的水甜。

我觉得自己就快不行了，只要一停下，就再也没办法站起来。

向前方望去，小路蜿蜒曲折，好像看不到头，也不见黑子的踪影。

终于走到一棵杨树下面时，我不想走了。我要在车上躺一会儿，躺多久，不知道。我把弟弟赶下车，让他在地上坐会儿。

"别走远，别乱跑，别到阳光下去。"

后来我睡着了，不知道睡了多久。醒来时，弟弟正站在车上大呼小叫。

"立山，快起来，快看！"

那时已近中午，阳光白得耀眼。我慢腾腾爬起来，缓缓睁开眼睛。

远处，杨树掩映的小路上，黑子正在大踏步地跑过来，姑姑和红领跟在后面，走得飞快。红领是姑姑的儿子，比我小一岁，每到寒暑假，经常住在我家里。正午的日光下，我看着姑姑和红领越走越近，嘴角一撇，差点儿哭出声。

那天我们在姑姑家一直待到黄昏临近,才开始返回。整个下午,弟弟一直嘟嘟囔囔,抱怨没有草莓吃。不过,后来姑姑给我们摘了半筐子葡萄。我看着那家伙像疯了一样,连皮带籽全都吞进了肚子里。

姑姑让红领跟我们回去,路上帮着推车。

老祖母一直问我,是不是家里出了什么事,我说没有,就是想她了。我没有把真实想法说出来,但我的确是想她了。

七

老祖母回来不久,我有了一个漂亮的沙包。六片布缝成的,每一片颜色都不同——红、黄、绿、白、黑、蓝,里面装着那些黑瘦黑瘦的麦子,还有一些不黑也不瘦的麦子。老祖母嫌我的麦子不够,让我到粮仓里去抓了一把,当然,那时候父母都不在家。

老母组一边缝沙包,一边小声地自言自语。

"你把我接回来,是不是就是为了让我

给你缝沙包啊?我给你缝了那么多沙包,你都弄哪儿去了?你是在玩沙包啊,还是在吃沙包啊?"

这个沙包让我在安家老三面前扬眉吐气,此后他再也不敢嘲笑我的沙包。

我还在铁山和三哥面前炫耀了一番,三哥很羡慕,回去告诉了大妈,大妈说老祖母偏心,只给我缝,不给三哥缝。三哥把大妈的话学给了我,我觉得大妈说得不对,因为老祖母是我接回来的,当然应该给我缝。我警告三哥,苦马泡的事情,我可一直都记着,他应该小心点。三哥听了,赶紧换了口气,说他嚼的那个其实也是苦的,非常苦,苦得头疼。

既然都是苦的,那就算了。

三哥觉得不能这样就算了,既然我们都被苦了,那么其他人应该被苦一次,比如铁山、松伟、四叔。

"红领你在这儿,把你也算上。"

"好啊,好啊,马泡谁不敢吃?"

我家西屋后面的巷道里,几个人蹲在地上,围着满满一盆翠绿色的马泡,面面相觑。

没有一个人敢吃，三哥也不敢，他当初稀里哗啦嚼马泡的勇气一丝也没了。红领当然也不敢，但他话说得很厉害。

"去年我一口气吃过二十个。"

铁山立刻从盆子里抓出一大把，递到红领面前。

"那你吃，我看看能吃几个。"

"哎呀，现在牙疼，咬不动……"

"你根本就是吹牛！"

"真不是吹牛，就是二十个，一口气吃了！"

"就是吹牛！"

四叔本来一句话不说，这会儿忍不住了。

"小铁山，你不吹牛，你吃一个，一个就行，我看看！吃一个就算你有种！"

"……你干吗不让立山吃？"

"他已经吃过了。"

"我没看见啊。"

"那你抓蛤蟆我也没看见！"

"我真抓蛤蟆了！"

"你再去抓一个我看看？"

正当我们吵得不可开交，一只手忽然伸进了盆子里。是松伟。

所有人都停止了争吵，瞪圆了眼睛，看着松伟哇哇叫着，疯了一样，不停地把马泡塞进嘴里，咬碎，吐出来，再咬碎，再吐出来……

四叔一巴掌拍在了松伟脑袋上。松伟是他侄子，他打他侄子，我们没意见。

"你疯啦？傻种！"

四叔拉起松伟跑到水缸边上，让他赶紧漱口。

后来松伟哭了，很惨。这哭声把老祖母引了出来，她拄着拐杖，小心翼翼走到门口，问我怎么回事儿，我说松伟吃马泡，把自己弄哭了。老祖母说，没事儿，给他喝点醋就行了。

等到松伟凄惨的哭声终于停止，那几个家伙早已消失不见，连声招呼都没打。

然后松伟也走了，院子里一片寂静。我、弟弟、红领，三个人坐在门口，半天没说话。我看着满地咬碎的马泡，忽然觉得嘴里很苦，苦得难受。我去水缸里舀了一瓢水，水也是苦的……我又跑到厨房里，揪了一块馒头，可是馒头也是苦的……

我躺在枣树下，昏昏沉沉地闭上眼。

弟弟似乎在玩我的沙包，啪啪地摔在墙上……可恶，这样会摔坏的！

但我什么也没说，就那样闭着眼，睡着了。

八

我始终没弄明白，那只漂亮的沙包为什么忽然就不见了。像此前我丢失的所有沙包一样，它消失得干干净净，没留下任何痕迹。我只记得，它最后一次出现在我手上，是在那天黄昏，我、三哥、红领、弟弟，四个人在路上丢沙包。那只沙包的手感真好，不硬不软，不大不小，扔出去，速度也是不快不慢。我记得三哥在中间负责接，我和红领在两边丢，弟弟坐在路边看。三哥始终没能接住，我们也始终没能砸到他。

三哥很得意，开始嘲笑我们。

可是他笑早了。当那只沙包最后一次出

现在我手上时，我使出浑身力气，狠狠地向三哥砸了过去。那一下很准，正好砸在三哥的额头上。

三哥哭了，我们赶紧跑过去劝他。

一边劝，一边偷笑。

后来沙包就不见了。

我找遍了所有地方，树丛、土堆、玉米秸垛、垃圾堆、粪坑，哪里也没有。

弟弟一直在旁边看我们丢沙包，他也不知道沙包去了哪里。

"是不是被狗叼走了？"

"滚蛋吧！"

我悄悄潜入粮仓，偷了两把麦子。

我必须有一个一模一样的漂亮沙包，起码也要看上去差不多。我没胆量再去央求老祖母，因为我不能让她知道，我又去粮仓里偷了麦子。

一个下雨天，我给了妹妹一个空白图画本，希望她帮我缝一个六块布组成的沙包。她答应了，但同时要我有心理准备，她没办法缝得那么漂亮。我告诉她，只要差不多就行了。

细雨一直下个不停,堂屋里安安静静。

那时,红领在西边的小屋里帮老祖母纺棉花,弟弟在厨房里等着母亲新蒸的蔬菜馒头出锅,没人知道我和妹妹悄悄打开了缝纫机。

缝沙包不是一个简单活儿,妹妹费了半天劲儿,最终缝出来的是一个歪歪斜斜的沙包。我很不满意,却没办法反悔,要回那个图画本。

我把这个看上去有点丑的沙包藏进书包里之后,忽然想到一个主意。

"你假装被缝纫机扎到手了……"

"有什么好处?"

"没好处……就是开个玩笑……"

"行。"

那天上午,厨房里的母亲忽然听到了我的大声呼叫。

"娟扎到手啦!"

继而,是妹妹凄惨的叫声。

除了老祖母，所有人都在第一时间跑到了堂屋里。红领和弟弟看到真相之后，嘻嘻笑着走开了，母亲有些生气，训斥了我们几句，急匆匆赶回了厨房。蔬菜馒头就快出锅了，必须再加一把火。

片刻之后，堂屋里传出了一模一样的大声呼喊和凄惨叫声，却没有一个人赶来。直到我急急忙忙跑进厨房，把母亲拽到堂屋，妹妹的凄惨的叫声仍然不绝于耳。

母亲惊呆了。

一根缝衣针穿透了妹妹的手指头，就像一枚钉子穿透了木板。

鲜红的血正在缝纫机面板上流淌，一块白色布头已经染成了红色。

余下的事情我不记得了，但是妹妹此后好几天不肯搭理我，当然，她也不敢再碰那台缝纫机。

那锅被忘记的蔬菜馒头几乎全部变成了黑色，为此，我没少遭到母亲的埋怨。

父亲没有埋怨我,他动了手,老祖母使劲儿拦也没拦住。

我的屁股疼了好几天。

兵器

一

武术队第一次出现,村里就像过年一样热闹。

村子北面的麦场上,秋天过后一片空荡,偶尔有一群狗在那里聚会打架。黑子也去过,它打架很厉害,它一去,其他狗全部夹着尾巴溜了。武术队在麦场边上竖起一根旗杆一般高的杆子,顶上挂了两盏一百瓦的大灯泡。太阳刚落山,灯泡就亮了,把麦场照得雪白。全村的男女老少围在麦场四周,看戏一样,等着看武术队表演。

我和三哥坐在路边的玉米秸垛上,看见

武术队的人光着膀子,从箱子里拿出刀、枪、剑、棍……还有一根绳子,头上栓了一个小小的枪头。热场的时候,一个光头的人呼呼甩着那根绳子,赶着人群向后退。

"往后,往后啊,伤着了不管医药费!"

人群哗啦一下向后退去,留下中间一个圆形场地。

光头把那根绳子甩了起来,忽左忽右,越来越快。我离那么远,都能听见呼呼的风声。有几次,我眼睁睁地看着绳子上的枪头冲着人群飞过去,人群中发出一片惊叫,但是一眨眼,枪头就收回去,绕在了光头脖子上。我正在担心枪头会不会扎到他自己,他却一低头,原地转一圈,枪头便从脖子上甩出,再次冲向人群。最后,光头甩着那根绳子,绕场跑圈儿,跑完了,向前翻一个跟头,稳稳站在地上,手中的绳子也飞快地缠到了他的手臂上。

人群中响起一阵叫好声。

第二个人出场了,扛着一把长柄大刀。他对着人群呜哩哇啦说了很长一段话,我只顾看他的刀了,什么也没听清楚。等到他大喝一声,拎着大刀绕场飞奔时,围观的人群又哗啦向后退了一步，生怕大刀会砍到自己头上。那把大刀回到场子中间，开始上下翻飞，银色刀片在灯光照射下，像一堆反光的镜子。那个人一边舞刀，一边大叫大嚷，再加上大刀不停发出的哐啷声，看得我心惊肉跳。

有人从后面爬上了玉米秸垛，是四叔。

"你怎么上来了？"

"我怕那龟孙砍到我……立山，你认出来没，那个光头好像是前磨庄的！"

我盯着那个光头看了几眼，没认出来。

第三个人是耍枪的，他也说了一段话，我还是没听清楚，只好回头问四叔。

"他说什么？"

"有钱的捧个钱场，没钱的捧个人场。"

"他说了很多啊！"

"他们还收徒弟，教人练武术。"

那是一杆白色长枪，枪头下拴着红穗子。那人把枪竖起来，比他个子还高，我觉得它肯定很重，可是他把枪耍起来的时候，我又觉得它很轻。长枪像长在那人手上一样，无论怎样挥舞，就是跑不走。我看蒙了，攥着一根玉米秸，手心儿里都是汗。过了一会儿，那杆枪忽然被扔了出去，人群里又是一片惊叫，我们坐在玉米秸垛上也吓得不轻，以为要出事。但是那人猛然跳起，整个身子离开地面，在空中飞起来，伸手抓住枪杆。他落到地上时，还保持着飞的姿势。然后他翻过身，一个鲤鱼打挺，稳稳站在了地上。

"看人家这鲤鱼打挺，站起来腿都是直的！"

四叔一边说，一边躺下，也想来个鲤鱼打挺。

"别打了，小心掉下去！"

他不是没掉下去过。有一次我们在麦秸垛上练习鲤鱼打挺，四叔很卖力，直接挺到了地上。要不是地上铺满麦秸，够他喝一壶了。

这时候锣声响了，那几个人开始摔跤。我看着光头被舞刀的人重重摔在地上，觉得自己整个后背都疼了。可是光头爬起来，又把舞刀的人摔在了地上。等到耍枪的人飞起一脚，把光头踹翻在地的时候，半天没说话的三哥一声尖叫，抓住了我的胳膊。

最后武术队表演了气功。我们紧张得大气都不敢出，看着光头把几块砖头在自己脑袋上拍断，看着他抡起一根木棍，砸在了舞刀的人背上,那根棍子咔嚓断成了两截……

人群开始散去了,我们坐在玉米秸垛上,半天没说一句话。直到那两盏一百瓦的大灯泡哗地熄灭,我们才滑下玉米秸垛,慢慢悠悠往家里走去。

二

天刚亮,就听见黑子扯着嗓子在门口大叫。过了一会儿,传来了父亲训斥黑子的声音。我趴在窗台上向外望去,父亲领着一个人走进了院门。

是那个光头,背着一个大麻袋。

父亲从他手里接过一个白色搪瓷碗,进了存放粮食的屋子。光头把麻袋放到地上,站在院子里,黑子坐在东屋墙根下,盯着他,很警惕。一阵风吹过来,枣树上的叶子纷纷落下,光头抬头看了看。他可能看见了我们的木风车。

父亲把一碗麦子倒进光头的麻袋里,又递给他一支烟。两人站在枣树下说了一会儿话,他背起麻袋走了,父亲跟出去送他。

"那是个亲戚?"

我这才发现,弟弟也趴在窗台上。

"不知道……好像是。"

吃早饭的时候,父亲和母亲说起光头,我才知道,他果然和我们有点儿亲戚关系。四叔没认错,光头就是前磨庄的,按辈分,他要管我母亲叫姑姑。

"你给了他多少麦子?"

"一碗,大概一斤多吧。"

"那他们走完全村,能收不少。"

"多不了,有人不给。他们愣说自己没看,就不给。"

"那转十个村子,收的也不少,比种地强吧?"

父亲没回答,扭头看看我。

"他问我想不想让立山去学武术。"

"不能去……你怎么说的?"

"我能怎么说?我就说他得上学。"

早饭过后,我坐在院子里,一边看木风车在枣树上不停地转,一边琢磨父亲的话。

铁山和三哥来了,一前一后,每人扛着

一根棍子。铁山的棍子比较粗,很长,但是还没晒干,摸上去很沉。我问他从哪儿砍的,他说是自己家树上。我不信,他家院子里都是枣树,根本没有杨树。

"去年刚种了一棵。"

"能长这么快?"

"那当然……不信你自己去看!"

"我不去。"

铁山举着那根湿淋淋的棍子在院子里舞了一通,忽然问我:

"立山,你什么时候去?"

"去哪儿?"

"去学武术啊,你不是说要去吗?"

"我没说啊。"

"那个光头对我爹说,你要去,所以我也要去,三哥也要去。"

三哥站在一旁,连连点头。

我急了,赶紧跑进屋里,跟父亲说,我要去学武术。父亲正在修理一只凳子,没理我。过了一会儿,他让我把铁山和三哥喊进来。

"铁山,你爹同意你去学武术了?"

"是啊,同意了。"

"那还上不上学?"

"不上。"

三哥跟着说道:"我也不上了。我爹说上学没用。"

父亲没再说什么,挥手赶我们出去玩。

在我的树林里,我狠狠心,从一棵杨树上折了一根大树枝。那根树枝似乎很不乐意,我站在树杈上,抱着树干,使劲踩了它半天,它才吱呀一声落了下去。铁山捡起树枝看了一眼,就扔到了地上。

"太细了,立山,武术队的棍子都很粗,跟我这个一样。"

"也有细的啊!"

三哥愤愤不平,因为他的棍子也不够粗。

我才不管它粗还是细呢,只要够直就行了。我像父亲一样,眯起一只眼,上下打量。很好,从头到尾,直得像一根线,而且基本上一样粗,再看铁山那根,简直像个……

"铁山,你那根棍子太弯了吧,像个狗腿。"

"哈哈,也像个拐棍儿!"

三哥跟着嘲笑铁山。

"狗腿也能把你们的棍子打断，信不信？"

星期天的这个上午，我不想跟铁山争论什么，只觉得心里乱糟糟的。我知道父亲把我们赶出来，是为了和母亲商量。如果他们不答应我去学武术，我该怎么办？以后铁山和三哥都成了武术队的人，我却不是，他们就可以向我炫耀武功，在我面前翻跟头，打一套完整的洪拳……我最担心的是，万一他们学会了轻功，那我一定会羡慕得要死。我曾经无数次梦见自己学会了轻功，像燕子李三一样，上房时不用梯子，一点脚尖就飞了上去。

可是如果他们答应了，我就不能上学了……不能有书包，不能画画，也不能把一百分的卷子举在头顶上，得意洋洋地穿过人群……

回家路上，我似乎想明白了，学会轻功比考一百分重要……但是……也不好说。

父亲和母亲都出去了，只有老祖母和黑子在院子里坐着。我蹲在枣树下，用斧头和镰刀把那根树枝修理得整整齐齐，又把中间的树皮削掉，两头各留下半尺长树皮不动，看上去就像孙悟空的金箍棒。老祖母看着我忙活，问我是不是要去练武了，我嗯了一声。她说，练武有什么好，舞刀弄枪的，打伤了还得自己受着。

一丝凉凉的风在院子里转来转去，枣树的叶子打着旋飘到了地上。老祖母一直在说话，可是我没听见，她的声音被风带走了。

三

武术队出现前几个月，我学会了鲤鱼打挺。我也不知道自己是怎么学会的，反正是学会了。三哥他们还躺在草地上吭哧吭哧地琢磨的时候，我已经可以腾地站起来，指手画脚地嘲笑他们了。

后来我学会了翻跟头，在小学校的操场上，我可以不停地往前翻，一直翻到墙根下。我一边翻一边数，最多的时候，一口气翻了三十个。四叔不会翻，但他说我翻得不行。

"往前翻有什么大不了？有本事往后翻。"

我不敢往后翻，就算站在麦秸垛上，我也不敢。我害怕自己一不小心，脑袋先着地，把脖子扭断了。

铁山也不敢，不过，他说用不了多久他就敢了，因为他二舅会武术。有一天，我们悄悄离开村子，向西走，穿过海水一样的玉米田，爬过大堤，到了他二舅的村子，抱回来几本书。书上画着练武的小人，一个挨着一个，摆着各种姿势。他二舅说，你们对着书练吧，注意安全。我知道他二舅不是不想教我们，而是他根本就不会。我们对着书练了好几天，什么也没学会。

我们决定不练翻跟头了，改练洪拳。祖父似乎是知道洪拳的，他告诉我们，要先练马步。可是站马步太没意思了，我们练了半天，也不练了。

一天晚上，村里演电影，里面有个人练成了轻功，飞檐走壁，在房顶上飞来飞去。我们看傻了，决定练轻功。老祖母经不住软磨硬泡，帮我缝了两个布袋，我在里面装上沙土，绑在腿上，每天在院子里跑步。铁山说他每天绑着沙袋跑到大堤上，我和三哥都不信。

有一天早晨,铁山真的绑着沙袋从大堤上跑了回来,很多人都看见了。

有个老头儿很惊讶:"这么热的天儿,那家伙是疯了吗?"

等到玉米快熟了,我依然什么都没学会,各种兵器却弄了一大堆:木头刀、木头剑、木头弓、护腕、沙袋、绑腿……

玉米刚收完,武术队来了。

村里的大喇叭提前两天就开始广播:

"全体社员注意了,全体社员注意了,星期六晚上,武术队来表演节目,有武术队来表演节目,全体社员注意了,星期六晚上到北头的麦场上去看武术表演……"

那些兵器被我隆重地请出屋子,摆到了院子里。我得仔细看看,它们和武术队的兵器有什么不同。

"还缺一根金箍棒。"

祖父说完,倒背着手出去了。

我什么都不缺……就算缺,他说了也不算。

看完武术队的表演,我才发现,其实我什么都缺。和武术队的兵器比起来,我那一堆刀剑就是一堆烂木头……唯一有点儿像的，只有护腕。

那天晚上，我告诉弟弟，那些兵器我不要了，除了护腕，都归他了。那家伙高兴得从被窝里蹦了出来，后来抱着两只沙袋睡着了。

我睡不着，脑袋里全是武术队的影子。他们的鲤鱼打挺，果然是很厉害的，不必用手支在脑袋后面……翻跟头也不用手，往前跑两步，身子一拧，竟然就翻过去了……后空翻也不用手啊，原地不动，一跳，稳稳地站住了……他们也可以用手的，而且一翻就是一串，五个，还是六个？数不清了……脑袋上拍砖还是算了，那个我不想学……

我迷迷糊糊地想到，武术队没有表演轻功，想来轻功果然是很难练的。

四

整个十月，我们都在忙着犁地、摘棉花，或者给玉米脱粒，学武术的事很少提起了。可是只要提起，都会引起一场争论。母亲坚持认为，念书才是正事，练武术只能练成流氓，整天就会打架。不过父亲似乎有点动心，有一次他对母亲说，念书念到最后，顶多也是拿个初中毕业证，没什么用处，该种地还得种地。

老祖母坐在宽宽的屋檐下，一动不动，听我们争吵。等到我们不说话了，她的声音轻轻飘了过来。

"还是让孩子念书吧，咱家该出一个秀才了。"

"现在哪儿还兴秀才啊，秀才早没了。"

祖父说完，走出了院门。黑暗中，他的脚步声十分清晰，很久才消失。

玉米脱粒完了，我跟着父亲去交公粮。通往乡里的土路上，交公粮的车排成了长龙，有拖拉机，也有马车。我们家的红马老了，拉着十几袋玉米，走得很慢。半路上，一辆车上的粮食撒了，我看见里面掺了很多土块子。父亲说，这些粮食交不了，会被退回来的。前一天晚上，母亲问过，要不要在粮食里掺点儿土，父亲没答应。

"别掺了，掺了也没用。"

交公粮的地方堆满了金黄色的玉米粒,像一座小山。一个戴着大盖帽的人很凶恶,他把一根铁管子插进我家的粮食袋里,抽出一些玉米粒,从里面找出一个很小的土块,举着给父亲看。

"掺土了吧?"

"绝对没掺!"

"那这土块哪来的?"

"土场里打的粮食,怎么可能一点儿土没有?"

"我说你掺了!"

"真的没掺,你可以打开袋子随便看!"

"我说你掺了,你就掺了,别他妈在这儿横,否则你拉回去!"

父亲刚想说话,那人用铁管子指着他,表情变得更加凶恶。

"别再说话了,你要知道这是哪儿!"

父亲阴沉着脸,没有再说一句话。他把那些玉米扛到磅秤上,过了秤,再扛到那些小山跟前,倒出去,把空袋子递给我。收公粮的人把每袋玉米都扣去了两斤,父亲在一张纸上签了字,赶上马车,回家去。

在路上,他不停地抽烟,一根接着一根。

那是我第一次感觉到恐惧和屈辱。

走到村口的时候,父亲终于说了一句话。

"人模狗样的,就不知道自己姓什么了!"

"我要是学会了武术,就狠狠打他一顿!"

父亲半天没理我,快进家门了,才说了第二句话。

"让你学武术,也不是为了打架的。"

乡里扣斤两的事让母亲很生气。那天傍晚,她抱怨说,早知道他们要扣,就不管不顾地往里面掺几铁锨土。父亲说,你要是掺了,他们扣得更多,你要是不同意扣,他们就让你拉回来,十几里路,难道真拉回来吗?母亲不再说掺土的事,转而把乡里的干部骂了一顿,我也跟着骂。

骂着骂着,天上开始下雨,我们赶紧从屋里拖出一卷塑料布,把堆在屋檐下的玉米盖上。那年秋天,我们家收了一百袋玉米,交公粮交了三十多袋。剩下的几十袋,大概能卖一千多块钱,要买种子,买化肥,买柴油,买农药……还要供我和妹妹念书,到处都要花钱。

雨水越来越密,打在塑料布上,发出啪啪的响声。

母亲盯着那堆粮食,显得忧心忡忡。

"到了春天,还得借钱,一堆穷亲戚,到哪儿去借钱啊?"

父亲没说话。

我小声说:"我不上学了,我去学武术。"

"不行,你老老实实给我上学去,一天课都不能缺。"

"铁山和三哥都不上了……"

"他们上不上跟你没关系,你必须上。"

母亲披上雨衣,去给猪喂食了。晚饭过后,她忙着抱怨,忙着骂乡里的干部,后来又忙着给玉米盖上塑料布,忘了猪圈里还躺着两个家伙,现在,它们饿了,叫唤得越来越响。

父亲点着一根烟,仍旧是一言不发。我从椅子上下来,准备到里屋去睡觉,他叫住了我。

"立山,不上学是件大事,你以后可别后悔。"

"不后悔！"

五

麦子种下之后，武术队又要来了，这消息是三哥告诉我的。武术队已经在连庄演了两天，还在那儿收了好几个徒弟，过几天就到我们村了。

"我报名的时候，要带着弓箭去。武术队没有弓箭。"

三哥扛着一把崭新的木头弓，在我面前炫耀。我注意到，他这把弓的弓弦不是棉线，是铁丝。他轻轻拉了一下，弓弦发出嗡的一声。

"好听吧，电视里的弓箭都是铁丝的。"

"不是牛筋的吗？"

"谁说的？"

"四叔说的，他家有牛筋。"

"胡说八道……那他怎么不用牛筋做一个？"

四叔没胆那样做，因为那两根牛筋拴在一个二胡上，他要是敢把二胡拆了，他爹非狠狠揍他一顿不可。

三哥的铁丝弓赢了。我们在大路上比赛射箭，他用他的铁丝弓，我用我的棉线弓，射同一根高粱秆，他射得比我远一半。我没办法，只好安慰自己，武术队里不需要弓箭，三哥带着铁丝弓去报名，也占不到什么便宜。不过，三哥走后，我还是在院子里仔仔细细找了一遍。结果令人失望，只有扫帚上拴着三根铁丝，都短得可怜。

我还到自己的小树林去了一趟，可是我的榆树们长得歪歪扭扭，上面没有一根树枝适合做弓箭，不是太粗，就是太细，要么就是曲里拐弯的，像个……狗腿。

一个猎人从远处经过，我盯着他的枪看了半天。

中午吃饭时，我宣布了武术队即将到来的消息。我大胆推测，武术队现在已经离开连庄，到了前磨庄，他们很有可能在前磨庄再收几个徒弟，然后就到我们村了。我有些紧张地盯着母亲，但她没说话。既然没说不准我去学武术，那就算同意了吧？我心里偷偷高兴了一下。可是老祖母还是不停唠叨，说舞刀弄枪没什么好处，保不定就受伤了。

下午，母亲推着自行车出门，叮嘱我在

家看好弟弟,不要让他跑到大路上。

交公粮的车依然来来往往,很危险。

整个下午,大喇叭都在催公粮,没有提到武术队的事。

喇叭停了,弟弟开始喊话。

"全体社员注意了,全体社员注意了……"

老祖母听烦了,让他住嘴。

"你们安生一会儿不行啊!"

黄昏时候,母亲回来了,车上挂着一篮子苹果。我、妹妹、弟弟、老祖母,每人分到了一个。我们飞快吃完了,老祖母的苹果依然安静地躺在凳子上,她咬不动。

那天下午,母亲给前磨庄的外祖母带去了一篮子花生,带回来一篮子苹果,还有一个让我心惊肉跳的坏消息。她说她专门去了光头家里,问他练武术的事,光头说,练武术很苦,要先练气功。

"练气功的时候,需要一个很大的铁筛子。学武术的小孩要先躺到铁筛子里,来回筛。四个人抬着铁筛子,来回筛,筛到浑身流血。这是第一步。第二步是脱光上衣,趴在凳子上,用鞭子抽……"

母亲没说完就去做饭了,我坐在屋檐下,愣了半天。恍惚中,一个大筛子在眼前使劲摇晃着,里面都是血。

我跑去告诉三哥,他吓坏了,只顾挠头。

"别挠头啊,还学不学?"

"我想想……"

六

武术队在前磨庄表演了,就在母亲从那里回来第二天的晚上。我没去看,但我听见了。前磨庄的大喇叭广播了一下午,每次喊完催公粮的话,就广播一遍武术队表演的事。那天有风,风吹着前磨庄的大喇叭,它的声音忽远忽近,有时候干脆消失了,要等上几秒钟才重新回来。整个下午,前磨庄的大喇叭和我们村的大喇叭呜哩哇啦地响着,好像两个人在吵架。

三哥扛着铁丝弓来找我,没说练武术的事,转了一圈就走了。

铁山也来了,空着手。他问我铁筛子的

事情是不是真的，我老老实实地告诉他，是真的，母亲亲眼看见了那个巨大的铁筛子，像个怪物一样，躺在光头家的院子里。

母亲是这样说的：

"我去的时候，刚好有人去报名，可是那个小孩儿一看见铁筛子，马上吓得哇哇大哭，跑走了，撵都撵不上。"

铁山似乎不相信，跑到厨房里去问我母亲。

"三婶儿，铁筛子有多大？"

"很大，你要是躺进去，手脚都碰不到边儿。"

"哦……那我不练气功，只练大刀，也要进铁筛子？"

"对，不管练什么，都要进铁筛子。"

第二天上午，更坏的消息来了。一个老头儿从前磨庄回来，给其他老头儿讲了一件吓人的事：昨天晚上光头在表演摔跤时，断了一条腿，现在已经送到县城的医院了。祖父就坐在那群老头儿中间，中午吃饭时，他像说书一样把光头的事讲了一遍，连断腿的声音都学了。

"咔嚓……哎呀呀，骨头茬露出来了。那家伙完蛋了，别说练武术，种地都种不成了。"

我心里咯噔一下，眼前蹦出一根滴着血的大骨头。

再看弟弟，目瞪口呆，筷子都掉到了地上。

接下来，所有人都盯着我看，好像摔断腿的不是光头，是我。

"立山，你还敢不敢学武术啊？"

妹妹说话的声音，带着一丝笑声。

老祖母没笑，可是她显然很高兴。

"这下好了，不用学了，也没人教了……你们谁也别想把他送给武术队了，还是让他当秀才吧。"

后两句，她是说给父母听的。

父亲似乎想安慰我，让我赶紧吃饭，吃完饭，他给找块最好的木板，做一把宝剑。

其实，我不知道那算不算一个坏消息……

那天下午，我很高兴地把三哥喊来，让他欣赏我的宝剑，并且允许他玩了一会儿。三哥也很慷慨，把他的铁丝弓借给我练习射击。院子里一片闹腾，黑子仿佛受了刺激，追着我们满院子跑。

其后的几天,我们重新开始在麦秸垛上练习翻跟头。我惊讶地发现,自己竟然在不知不觉中学会了向后翻。一开始,我只敢在麦秸垛上翻,每次只能翻一个,后来胆子大了,在操场上也敢翻,一翻就是两个。

某一天黄昏,我背着书包走进家门,看见父亲和前磨庄的大表哥坐在枣树下说话。大表哥看见我,立刻竖起了大拇指。

"立山真厉害啊,学会往后翻跟头了,刚才我都看见了。"

父亲很是惊讶,笑着问我是不是真的。

"要是真的,你就翻一个给我看看。"

他亲自动手,把院子中间扫干净,又在地上铺了一个垫子。我摇摇头,让他把垫子拿走。

"根本用不着,你等着看吧。"

在全家人面前,我像武术队的人一样,把外衣脱掉,裤腿扎紧,一口气往后翻了三个跟头。翻完了,我觉得不过瘾,又从堂屋门口往前翻,一直翻到了枣树下面。我听见他们在鼓掌,在叫好,还有弟弟哇哇的尖叫声。

我变成了武林高手,所有人见了我,都请求我翻一个跟头给他们看。我在犁过的泥土上翻过,在学校的操场上翻过,在没有水的河道里翻过,还在我的小树林里翻过……直到有一天,我一不小心,扭伤了左手手腕。

父亲开始带着我四处找医生,让他们给我捏,让他们给我开了一瓶瓶的药。村里懂医术的人都找了,西医,中医……连兽医都没放过,可是我的手腕依然肿得像个萝卜,不敢用力,一捏就疼。申庄的一个老头子,狠狠地捏了我一下,以为能给我捏好,结果我疼得吱哇乱叫,差点儿踢翻了他的桌子。

树上的叶子快要落完时,东院的大爷送来一堆槐树皮,让母亲用水煮了,给我洗。

我不知道洗了多少天,反正每天都要洗,上学之前洗,放学回来还要洗……先把手腕放到脸盆上熏,等水凉了些,再洗……洗着洗着,就好了。

割走老槐树那么多皮,不知道它会不会恨我。

火柴枪

一

玉米刚刚收完,猎人就出现了。他们扛着长长的猎枪,头顶巨大的宽檐草帽,肩上还挎着一个用来装猎物的白色袋子。我站在棉花地里,远远地看着他们四处乱走,有点儿紧张。过了一会儿,传来一声枪响,我跟着哆嗦了一下。

母亲头也没抬,一边继续摘棉花,一边小声埋怨:"人家一家过得好好的,干吗去打人家?不是作孽吗?"

秋天快要过完了,早晨和夜晚,风变得越来越凉,我能听见的蟋蟀叫声越来越少。

玉米和高粱被砍倒、收走之后,田里变得光秃秃的,只有棉花还站着,等着我们去摘,而棉花地之外的所有地方,拖拉机早已拖着巨大的犁铧翻过,露出了新鲜的泥土。兔子们藏身的地方不多了,日子恐怕不好过。我猜它们很可能躲在棉花地里,夜里在那儿睡,白天跑出去找吃的。在犁铧翻出来的新鲜泥土上,我看见过兔子的脚印,两排,小小的,一直穿过我家的田地,三哥家的田地,好印家的田地,最后在一条小路上不见了。

猎人跟着那些脚印,扛着长长的猎枪,整天整天地找。

又一声枪响,母亲没忍住,抬起头向远处张望。

父亲说:"别看啦,他们打不着。"

"你怎么知道打不着?那些人真是作孽!"

"哎呀,他们打不着!"

这时候,有个猎人扛着枪从我家的棉花地边上经过,热情地向我父亲打招呼:"三……三叔,摘……摘……摘花呢?"

父亲抬起头,很客气地回答:"是啊……

和林,打到几只兔子啦?"

"一……一……一只也……也没有。"

"那你要努力啊,有人都打到五六只了。"

"三叔,不……不……可能!"

和林沿着兔子脚印消失的那条小路往大堤上走去,他没戴草帽,只在脑袋上缠了一条已经发黑的白色毛巾。那根长长的猎枪虽然很旧了,但枪管依然在太阳下闪闪发亮。我们站在棉花地里,看着他走进大堤沟,又走出来,最后爬上大堤,钻进树丛,越来越远,终于忍不住哈哈大笑起来。

"看到了吧,一个结巴,能打到兔子?"

这是父亲的声音。

"不……不……不……不可能!"

我刚学完,母亲就瞪了我一眼。

每次我学结巴说话,都会被她训斥一顿,说我不学好,小心变成个结巴,长大娶不到媳妇。老祖母也这样说过我,但她的说法很奇怪:"你要是在阴天学,一学就变成结巴了。"我不知道老祖母为什么把阴天说得这么可怕,好像那里藏着魔鬼一样。不过秋天的大部分时间里,天空都蓝得像画上的海水,云彩又白又轻，太阳又亮又大，魔鬼不可能藏在里面。

晚饭时，父亲说，和林从来没有打到过兔子。

"别人有可能打到过，但和林不可能。"

"为……为……为什么不……不……可能啊？"

弟弟和妹妹同时笑了起来，声音大得像喇叭。

父亲瞪了我一眼，但是没揍我。

"有一次，和林在地里找了半天，忽然在一个土坑里看见一只兔子，但是兔子没看见他。和林端着枪，小心地对准了兔子的屁股，就这么近。"父亲比画了一下，比一根筷子还短。"但是他的手一直哆嗦，就是瞄不准，扳机也扣不动，最后兔子噌一下跑了。"

母亲说："我不信，这么近还打不着？"

我说："要是我，拿棍子都能打着。"

父亲哈哈笑了起来："你们不懂，结巴打枪时，枪也结巴了。"

枪也会结巴，这样的事情我可不信。再说和林那杆枪似乎是很厉害的，那么亮，像涂了一层油。我疑心父亲故意编了这个笑话，好让我们知道兔子们都没死,一个个活蹦乱跳的,或许现在正躺在棉花地里睡大觉。

"你背过的那杆枪,跟和林的枪能不能比?"

"那怎么能比?打兔子的枪比部队里的枪差远了。"

墙上的相框里,从我记事的时候起,就挂着一堆黑乎乎的照片,其中一张上,父亲背着枪,跟电视上一模一样。另外的照片,是祖父、祖母、姥姥、大伯、二伯、母亲……他们在天安门广场上,比杨树站得都直。在父亲当兵的那些年,他们每个人都去了天安门,而我从来没去过。母亲常常指着照片对我说:"你以后到北京上大学,就能去天安门照相。"

我不想到北京上大学,我想去当兵,穿着绿军装,腰里别一把枪,肩上再扛一根。

一说到部队,父亲就很得意。不过他不同意我去当兵。

"你最好老老实实地给我把书念好。"

二

前磨庄的赵振方,似乎是学校里第一个有枪的。他经常把枪挂在腰上,昂首挺胸地在校园里转悠,或者对着梧桐树的某片叶子,瞄准,嘭地放上一枪。有一次,他举着一片叶子给我看,上面黑乎乎的,像被烟熏过一样,但是叶子完完整整,连个窟窿眼儿都没有。

"连树叶都打不透?"

"太远了,枪里也没装砂子儿。"

"那你干嘛不装砂子儿?"

"你看看,没有子弹壳,装哪儿?"

"去哪里弄子弹壳?"

"不知道……部队里,要不枪毙人的地方?"

赵振方不知道,我就更不知道了。不过,子弹壳那样奢侈的东西,我从没想过要去弄一个,我只想有一把枪,不需要多么厉害,能打响就行。我把这个想法告诉了父亲,他的反应跟我猜的一模一样。

"能响就行?那我给你一挂鞭炮吧。"

我知道父亲不同意我有一把能打响的枪,

他觉得那种东西太危险。在他看来，一把弹弓已经足够危险，更不用说一把枪了。

"大霍庄的一个家伙，用弹弓把别人的眼睛打瞎了，这事儿你知道吧？"

"知道……但我从来不打人……"

"那你打什么？"

"打树……还有麻雀……"

"要是弹到人身上呢？"

"我现在已经不玩弹弓了……"

"那枪更不能玩了！"

星期天的整个下午，我都坐在院子里闷闷不乐。老祖母拄着拐杖从我面前经过，脚步轻得像一只猫。她问我哭丧着脸是怎么回事，我不说话。弟弟说："他想要一把枪。"老祖母想了想说："枪啊，我这儿有，你过来拿吧！"弟弟很惊讶，跟着老祖母进屋去了。我可不会傻乎乎地跟进去，她那个巨大的木头箱子，我早就翻过一百遍了，里面有什么，我比她还清楚。

过了一会儿，弟弟捧着一把枪出来，递给我："立山，你要的是这把枪吧？"

我看都没看，起身回屋去了。

"你拿去玩吧,笨蛋!"

"哦。"

天快黑了,晚霞把院子照得通红,像开了很多红色的灯。枣树的叶子快落完了,一只鸟儿蹲在最高的细枝上,已经叽里咕噜唱了半天,声音不太好听。透过纱窗,我看见那小子举着一把木头手枪做着各种姿势:卧倒、瞄准、射击、隐蔽、奔跑,嘴里不停发出射击的声音,"砰""当""啪"。有一会儿,他忽然躺在地上不动了,我隔着窗户喊道:

"永山,怎么了?"

"我不能说话,我被打死了。"

好吧,不怕凉你就躺着吧。

三

我在校门口拦住赵振方的时候,他似乎早已知道我想干什么。

"立山,我们是亲戚,但是链子扣我真的没了。"

"亲戚也没有了吗?"

"是真的没有了,我姑姑的儿子跟我要,我也没给啊。"

我算了算,他姑姑的儿子的确比我和他的关系亲。我只是管他父亲叫舅舅,还不是亲舅舅……我转身想走,赵振方喊住了我。

"别走啊,我可以教你怎么做枪……链子扣没了,你自己可以去找嘛。"

那天傍晚,赵振方讲得很仔细。有一瞬间,我怀疑他父亲是不是我的亲舅舅,要不他为什么对我这么好呢?

"怎么样,不是很难吧?"

"还行……"

"等你把东西凑齐了,我帮你做。"

"好啊好啊。"

"不过你得帮我个忙……"

"我能帮你什么忙?"

"你爹不是木匠嘛,你家里不是有锯子嘛,你帮我弄一块木板,锯成枪托的样子……"

"好吧……可是我不知道枪托什么模样。"

"就这样。"

赵振方递给我一张白纸,上面用铅笔画

了一个三角形。

"立山,我们是亲戚,亲戚要互相帮忙。"

"好吧……"

回家路上,我想到自己很快就会有一把枪了,觉得很兴奋。在一片小树林里,我飞起一脚,想踹倒一棵看上去很瘦的小杨树,结果它狠狠地把我踹翻了。我坐在地上,抱着那只脚揉了半天才爬起来。

走到家门口的时候,我高兴不起来了。

一根三尺长的铁丝,几根皮筋,这些东西很容易找到,可十个链子扣我去哪里弄呢?难道把我家的自行车拆了?拆掉它倒不是什么难事,木匠家里工具齐全,扳手、钳子、改锥,整整齐齐放在父亲的工具箱里——问题是后果太严重,我拆了自行车,父亲有可能把我给拆了。

饭桌上,我还是没忍住,小心翼翼地问父亲,家里那辆破自行车是不是不能再骑了。他说:"当然能骑,你别看它破,再骑个四五年都没有问题。"母亲和父亲的看法一样,而且她觉得不止四五年,如果爱惜一点儿的话,还能骑六七年。

"你可以骑着它去乡里上初中。"

"那么破,我不骑。"

"你嫌它破?你知道它是哪儿来的吗?"

我当然知道,这辆"永久"自行车是在北京买的,那时候父亲在北京的部队里,而我还没有出生。母亲常常说起她去北京探亲的时候,看到北京有多大,马路有多宽。她就在那样宽敞的马路上,坐着巨大的公交车,去颐和园看风景。

"你爹没钱,我坐汽车,他骑着自行车跟在汽车后面,就为了省一张票钱。"

她每次说到这件事,我脑海中就会出现一个画面——穿着绿军装的父亲满头大汗,正骑着自行车追汽车。

母亲探亲回来时,那辆自行车跟着她一起,坐火车回到了老家,然后慢慢地从新自行车变成了破自行车。直到我读小学四年级时,家里才买了一辆新自行车,而那时父亲已经退伍将近十年。

"记住了吧,这辆自行车是我们家的古董,烂了都不能扔!"

好吧,古董,传家宝……只能这样了。

我不仅没有可能拆了它,还要在几年后骑着它,去十里外的乡里念初中。如果它狠了心,一直不坏,说不定还要把我驮到二十里外的县城去念高中……想想就觉得可怕。

晚上睡觉时,我问弟弟,知不知道谁家里有坏掉的自行车。

"就是彻底坏了,不能骑了,准备扔了的自行车。"

"你要干什么?"

"你管!我就问你知不知道。"

"你要干什么?"

我怒了,伸手在他脑袋上敲了一下。

"你到底知不知道!"

"知道。"

"谁家?"

"忘了……"

四

天还没亮,弟弟就把我推醒了。我恼怒万分地想要揍他,他赶紧把脑袋缩进了被窝里。

"别打别打,我想起来了!"

"想起什么了?"

"破自行车啊。"

"笨蛋,你不能等天亮了再告诉我啊?"

"我怕又忘了……"

好像在一夜之间,门口的梧桐树叶子掉完了。满地的叶子,像铺了一层厚厚的地毯,踩上去沙沙地响。我站在地毯上,隔着墙喊三哥去上学。自从我在前磨庄上到五年级之后,他也上了四年级,我们终于又在同一个学校了。可是他太喜欢睡懒觉,每次都要我站在街上等半天才出来。

黑子跟在我身后,看我不理它,打个哈欠,慢悠悠回家去了。

对面大爷家的栅栏门还没打开,我想他很可能还在睡觉。我悄悄走过去,隔着栅栏向院子里张望。

弟弟说得没错,羊圈外面躺着一辆很破很破的自行车,车把和车圈长满了铁锈,铃铛和轮胎都没有了,不知道在那里躺了多久。不过,车链子是在的,虽然也生了锈,但是一个链子扣也不缺，完完整整地挂在车上。

我的心怦怦跳了起来。

三哥过来了，我一听见那种踢踢踏踏的声音就知道是他。

"立山，你在看什么？"

"什么也没有啊。"

他当然不信，凑到栅栏前面，往大爷家的院子里看了几眼。

在路上，他问我是不是想偷什么东西，如果是的话，最好让他知道，否则一放学他就去我家里，把这事说出去。我恨得咬牙切齿，真想踢他一脚，可是一想到过去的教训，只好把破自行车的事告诉了他。他想了想，决定不再告发我，条件是我要分给他十个链子扣。

"立山，你有枪，我也得有，咱哥儿俩应该一样。"

"那为什么你有铁丝弓，我没有？"

"那不一样。"

好吧，等着瞧吧。

那天中午回到家，我意外地发现大爷正在院子里坐着，满面红光，看见我进了院子，赶紧打招呼：

"哎呀，立山放学啦！"

我嗯了一声，准备进屋，父亲喊住了我。

"过来看看你大爷的新自行车。"

我这才发现枣树下面停着一辆崭新的自行车，显然是刚买回来的，包在横梁上的纸壳子都没拆。我凑近一看，也是"永久"。

"大爷，你们家不是有一辆自行车么……"

"那辆破车子啊，早不能骑了，烂了。"

"那你还要不要？"

"不要了，不要了，有新的了，还要破的干啥？"

"那……把车链子给我吧……"

"行行行，你等着，我现在去给你拿！"

大爷起身向外走了，一瘸一拐的样子。老祖母说过，他以前当国民党，吃了败仗，腿上被解放军打了一枪。

走到门口，他转过身大声说："玉堂，你帮我好好检查一下，看看到底有没有毛病啊。"

父亲连连点头："好，好，放心吧。"

父亲盯着我,不说话。我装作没看见,来来回回地摸那辆新自行车。然后,他忍不住开口了:"有枪也行,但你给我记住,不能拿到学校里去!"我赶紧答应:"保证不拿到学校里!坚决保证!"

那天中午吃饭时,父亲说起大爷,几次想笑。

"新自行车能有什么毛病?他就是想让我们看看,炫耀一下。上次他买手表,你还记得吧,专门到咱家来坐了一会儿,大冬天的,故意挽起袖子。"

"有什么好笑的?老头儿买个新东西,不该高兴一下啊?再说了,有几家买得起新自行车?"

母亲说完了,也忍不住笑出声来。

"那天还下着雪呢,他也不嫌冷。"

五

赵振方对那个"枪托"很不满意,他觉得那家伙看上去像个搓衣板。我只能告诉他,我已经尽全力了。我不可能央求父亲帮我做,那样太过冒险，我只能趁他不在家的时候，从西屋里一堆木板中找出一块似乎没什么用处的，用一把最小的锯子，吭哧吭哧地锯成一个"枪托"。

"我用了一下午才锯成的！"

"可是也太不像了……"

那天下午放学后，赵振方一边嘟嘟囔囔，一边看着我从书包里掏出一堆工具和材料：一把钳子，一把剪刀，一把圆头改锥，一把铁锤，一根粗铁丝，一根自行车条，一块自行车内胎，一块破布，一盒火柴……还有，一挂自行车链条。

学校后面的大坑里，我和三哥并排坐在地上，像在看戏。

赵振方先用钳子把铁丝剪成了三段，最长的那段扭成了一把手枪的模样，两段短的，一个做成了扳机，一个后头弯成小圆圈，是撞针。

"也不难啊……"

三哥闷声闷气地说。

赵振方急了，扑通一声把钳子扔到了三哥面前。

"妈的,不难你试试?"

三哥立马不说话了。

那块自行车内胎,被赵振方剪成了十根皮筋。

这次换成我忍不住了。

"这个我行……"

"这个你也不行!"

我拿起剪刀试了试,果然不行,剪出来的皮筋歪歪斜斜,有的地方粗,有的地方细,而赵振方剪出来的全部一般粗细,十分好看。我很泄气地想,赵振方果然厉害,虽然只比我大两岁,却知道这么多秘密技术。

接下来的时间,赵振方没再搭理我们,他蹲在地上,低着头,一边嘟囔,一边用锤子和改锥把链子扣一个一个从车链子上拆了下来。那东西真不好拆,每次拆完一个,赵振方就要坐在地上,喘半天气。我真担心他会突然反悔,撂下这一摊子扭头走人。

太阳就要落山了,村子里很安静,叮叮当当的声音传得很远。一条狗从远处跑过来,站在大坑边上看。赵振方终于拆完了十个链子扣,急匆匆爬起来,对着一棵树尿了一泡,然后捡起一块砖头,冲着那条狗砸了过去。

"妈的,滚蛋!"

那条狗一声不吭跑走了,我也松了一口气。

余下的工作很顺利,赵振方把自行车条帽的尾巴磨圆,用锤子砸进一个链子扣里,然后他动作麻利地把所有链子扣串到手枪上,把撞针装好,皮筋一个一个套上,勒紧。他捧着那只枪上下左右观赏了一番,递给我。

"妈的,终于好了……天快黑了,立山,还有两件最简单的事,你自己做吧。"

"好好好,什么事?"

"把这块破布缠到枪把上,把这根撞针头磨尖。"

赵振方扛着"搓衣板"走了,我和三哥把地上的东西收拾好,装进书包,回家。

那时月亮已经出来,像个圆灯笼,挂在东边的树枝上,慢慢腾腾往天上爬。我激动万分,走得飞快。必须在最短的时间回到家,否则父亲一定会生气。我只管走路,三哥却非要看一看我的手枪,我不同意。

"天都黑了,根本看不见!"

"我摸一摸不行啊?"

"不行!"

"那我跟着你回家。"

"你摸一下吧……"

三哥摸了摸那把手枪,一个字儿也没说,就还给了我。

走到家门口的时候,他提醒我,应该分给他十个链子扣。

"立山,你可别忘了。"

"没忘。"

吃饭的时候,父亲竟然什么都没问我,这让我很奇怪。

我用最快的速度吃完饭,提起书包刚想进屋,父亲向我伸出手来。

"拿来我看看吧。"

"看……什么?"

"枪啊,你把车链子拿走了,还把我的工具都偷出去,以为我不知道?"

弟弟立刻瞪大了眼睛,盯着我的书包。

我把枪掏出来,递给父亲,他翻来覆去地看了一会儿,让我把锤子给他。我顿时吓出一身冷汗——难道他要给我砸了?

"要锤子干吗?"

"架子太粗糙了,我给你修理一下。"

十几分钟后,那把原本有点歪斜的手枪焕然一新。父亲不仅在磨刀石上磨好了撞针,把枪把做得更好看,还在下面拴了一根红布条。母亲正在洗碗,扭头看了一眼,夸奖道:"嗯,跟双枪老太婆的枪一样。"然后三哥来了,我们挤在一起,看着父亲把火柴头上的药粉刮下来,填进枪头的条帽里,压实。

第一枪是父亲打的,他站在院子中间,像一个战场上的士兵,高高举起手枪,瞄准了树枝上的月亮。

嘭!

一束细小的火光冲向天空,我们跟着一阵大嚷大叫。

那天晚上,每个人都站在院子中间,向月亮开了一枪。老祖母坐在屋檐下,远远地看着,让我们小心点,不要对着人。其实父亲早就讲过了——无论什么时候,枪口都不能对着人,哪怕里面没有装火药,哪怕离人很远,否则,立马没收。

他说,部队里就是这么规定的。

六

那个冬天迟迟不下雪，到了十一月，天气还很暖和。再这样下去，麦子可能会遭殃。父亲说，有些村子麦子种得太早，长得太快，竟然快抽穗了。他很怕我们的麦子也忍不住提前把穗长出来，显得忧心忡忡。

不过，他要担心的事情不止这一件。十几天前，我在一个麦秸垛上练习翻跟头，扭伤了左手手腕。父亲原来以为我的伤势不严重，让大伯给我弄了些药，又是抹，又是吃，却根本不管用。眼看着我的手腕肿得像个馒头，而且丝毫没有消退的迹象，他开始着急，骑着自行车，带着我四处找人。在离我家五里外的申庄，一个老头儿想用手给我捏好，结果我疼得死去活来，叫得像杀猪一样，还差点踢翻了他的桌子。

于是，那个干燥冬天的大部分时间里，我拥有了不干活的特权，并且可以隔三岔五地提一些往常不敢提的要求。

第一场雪终于下来了，尽管很小，连鞋子都埋不住，父亲依然很高兴。

那天上学时,我提出了一个要求:把枪带到学校里去。父亲有些犹豫,我赶紧补充说,三哥、四叔、铁山他们都带着枪去上学,只有我没带,他们总是笑话我,而且不让我跟他们一起玩。

父亲还是不放心,他问我老师管不管。

"管啊,只能带空枪,不许带子弹。"

父亲答应了。

我没有撒谎。整个学校里,除了一二年级的小屁孩,几乎每个男生都有一把枪。下课铃声一响,他们就端着枪冲出教室,在操场上玩打仗游戏。虽然大多数人的枪里没有"子弹",但有几个家伙还是不顾老师的劝告,偷偷带了火柴。他们不敢在校园里放枪,常常趁老师不注意,跑到校外的树林里,比试谁的枪厉害。

赵振方依然是最厉害的,而且他竟然有了一个子弹壳。他用改锥把子弹壳的底部砸穿,嵌在枪头的条帽上。打枪的时候,他在子弹壳里装上砂子,还有一种黑色的火药。我问他黑火药是哪来的,他扔给我一根爆竹。

"剥开,里面就是。"

"那子弹壳呢,哪来的?"

"亲戚给的。"

后来赵振方告诉我,他有个亲戚在石家庄,住得离部队不远,部队打靶时,他的亲戚就去捡子弹壳。

一天下午,我亲眼见识了子弹壳的厉害。赵振方躲在一棵大树后面,一只手捂着耳朵,一只手端着枪伸出去。他让我们站远点儿,否则出了事他可不管。我赶紧跑到一棵树后面,刚刚站稳,就听见轰的一声巨响,让我想起了猎人的枪声。

赵振方大摇大摆地走过来,让我们看他的枪。金黄色的子弹壳已经变成了黑色,好像刚从锅底灰里刨出来一样。再仔细一看,几乎整个枪都发黑了,连他的手指头也变成了黑色。

我目瞪口呆看着赵振方,以为他受伤了。赵振方一边甩着他的黑手,一边洋洋得意地让我们放心。

"没事,熏黑了一点,啥感觉也没有。"

他还说,用这把枪打麻雀,应该没什么问题。

回到教室里,赵振方还在甩那只手,我问他怎么回事,他小声地说:"妈的,太厉害了,震得老子胳膊发麻！"

七

第一场雪刚停没两天，第二场雪跟着来了，一下就是好几天。白茫茫的大雪让父亲彻底放下了心。我们家的麦子不可能提前抽穗了，在接下来的整个冬天，它们都将躲在厚厚的雪被下睡大觉，直到春天把它们叫醒。

有一天，父亲从镇上办事回来，在河道里看见三个家伙，正准备煮一只鹅。他走过去一看，竟然是我大舅和二舅的三个孩子：海涛、海印和海杰。他们不仅带了木柴，还带了油、盐、水和一只铁锅。大雪覆盖的河道里，三个家伙清出一片空地，挖了一个坑，正在拔鹅毛。

"看看你兄弟的孩子，多能干。"

父亲一边抖着落在身上的雪，一边告诉母亲。

"那鹅是从哪来的？"

"哪来的？还不是从河边养牛场里偷的！那么大个！"

"一群费劲孩子,也不知道怎么抓住的。"

"那就不知道了。不过,海涛带着一把火柴枪。"

"你没训他们?"

"我把他们撵走了。要是被养牛场的人发现,还不得找到家去?"

养牛场那里,我也去偷过的。不过我偷的不是鹅,是梨。去年夏天,我和三哥、铁山他们,扒开篱笆,钻进了养牛场后面的果园。我们把背心脱下来,一头系住,做成口袋,见什么摘什么。后来果园里的狗叫了起来,我们落荒而逃,在玉米田里躲了半天。天快黑时,我们跑到南大坑里,把偷来的东西都吃了。都是梨,没熟的梨。我吃了十四个,拉稀拉了三天。

我把海涛他们偷鹅的事告诉了三哥,他很惊讶。

"那里没狗吗?"

"不知道……不过海涛好像带了枪。"

"他的枪能装砂子?"

"不能吧?他去哪儿弄子弹壳?"

说到子弹壳,三哥忽然问我,有没有胆

量到王滩的大堤上去一趟。我听人说过,那里是枪毙犯人的地方,沿着大堤外的土沟,有一些很小的洞,刚好够一个人蹲在里面。我听说警察枪毙犯人的时候,要给犯人蒙住眼,让他们蹲在洞里,背对警察。三哥说,警察也要蒙住脸,他们怕被人认出来,以后找他们报仇。我们在警察蒙不蒙面的事情上争论了很久,三哥才想起来,我们去大堤沟跟这事没关系,我们是去找子弹壳。

"敢不敢去?"

"我得想想。"

"哈哈,没胆了吧。"

"你有胆你去!"

"去就去。"

三哥总是嘴硬,其实他胆子更小。

晚些时候,我们提着枪出去了。大雪还在下,街上一个人影儿也看不见。在十字街的土地庙前面,几只鸡正在草垛里翻找东西。我们四下看看,举枪向它们瞄准。两声枪响之后,我们撒腿往回跑。后面似乎有狗叫声。

当天晚上,刚吃过晚饭,村委会的几个人来了。我心里咯噔一下,装作上厕所,躲到了老祖母屋里。过了一会儿,没有动静,我溜到窗户外面偷听,发现他们已经开始喝酒了,鸡的事,提都没提。我放心地回到屋里,从桌子上抓了一把花生,钻进被窝里,吃着吃着就睡着了。座钟响了十二下,我醒了,父亲和母亲正坐在火炉前说话。

"你当不当?"

"不当,民兵连长纯粹是跑腿的,让我当主任还差不多。"

"主任也不能当!你看他们催公粮的时候,跟地主恶霸似的!"

"哎呀,那是上面逼着他们催的!"

"反正不能当。"

八

元旦过后的某一天,李老句怒气冲冲地走进了教室。在校门口的土路上,他看见了一行字:"俊周=老句。"俊周是他的名字,老句是他的外号。

那些字是用刀子刻的,每个字都比课本大一圈儿,笔划粗得像油条,从那里经过的人都会看到。我和三哥走过那里的时候,还笑了半天。我想，在冻得硬邦邦的地上刻出这些字来，真是下了苦功夫。

李老句把数学课本扔在讲台上，倒背着手，在教室里走来走去，一边走，一边问话。

"谁刻的？现在承认还来得及。"

这句话他重复了五遍，没有人承认，他只好换一种问法。

"谁知道？现在告诉我，有奖励。"

还是没人说话。

五分钟后，李老句终于忍不住了，他抓起黑板擦，重重地拍在了讲台上。

"到底是谁干的，赶紧给我站出……"

他的话还没说完，我们就听见了砰的一声，很响，震耳欲聋。一屋子人紧张兮兮，左顾右盼。李老句似乎也吓到了，他不再审问，死命盯住一个地方，似乎想把那里看透。所有人都转过头，往那个地方看过去。那是整个教室的东北角，挨着窗户，从我来到这个教室的第一天起，赵振方就一直坐在那里。

赵振方似乎吓傻了，一脸苍白，双目无神。过了一会儿，他慢慢解开棉袄的扣子，从怀里掏出了一把枪，就是装着子弹壳的那一把，全校唯一的一把。在李老句怒气冲冲审问全班的那个上午，这把著名的火柴枪在赵振方怀里走了火。黑色的火药发出巨大的声响，它吓到了我们，更吓坏了赵振方。当然，赵振方的毛衣是被吓得最厉害的——靠近左肩的那一块，几乎被打透，留下一大片黑乎乎的痕迹。

下课后，我们围着赵振方，看他的毛衣。显然，他还没有从惊恐中恢复过来，任凭我们掀开他的棉袄，仔细观察，始终不说一句话。第二节课他没上，李老句让他回家了。

第二天我看见赵振方的时候，他似乎已经没事了。我问他疼不疼，他说不疼，冬天穿得厚。不过他还是感到后怕："幸亏他妈的没有装砂子，要不完蛋了！"

李老句最终没能查出刻字的"凶手"，但是赵振方意外的手枪走火，让校长下定决心，彻底禁止任何人把手枪带到学校里，否则当场没收，并且让家长来交罚款。

父亲听说了这件事，把校长骂了一顿。

"你们校长就是个笨蛋，早应该禁止了！"

校园里没了打仗游戏，也不再听见枪声，

我忽然有点儿不适应。一到星期天，我就跑到村外的树林里，看猎人们打猎。有一次，一个猎人从一棵杨树上打下来二十多只麻雀。可是，我从来没见有人打到过兔子。我怀疑世界上是否还有兔子这种东西。第四场雪下完之后，我在我的树林里看见了几排小脚印，父亲认了出来，是兔子的脚印。想到兔子们曾经在我的树林里奔跑，我又高兴了起来。

第五场雪下得很小，像有人在天上撒盐。我们郑家的一个闺女，在这一天要出嫁到大堤外，离王滩不远的一个村子。所有姓郑的人都去送亲，十几辆马车浩浩荡荡。我和三哥坐在一辆车上，听着大人们讨论那一家会提供什么样的酒席，偷偷咽了不少口水。路过王滩时，我看到了大堤沟里的一排小洞，大概有四五个，不大，也不深，我怀疑里面是否能蹲下一个人。我扭头看看三哥，想问他敢不敢下去看看，他却压根没往那排小洞里看，只顾伸着脑袋听大人说话。

远处传来了迎亲的鞭炮声，酒席离我们越来越近了。

我咽下口水，大声问道："他们上不上烧鸡啊？"

小偷上房

一

仿佛在一夜之间,河里的水平了槽。从河边回来的人说,河面上漂浮着许多从上游冲下来的东西,葱、萝卜、玉米、黄瓜、鞋子、衣服、死猪、死鸭子……三哥忽然跑来,说河面上还漂过去一个死人,女的,什么衣服也没穿。我听了很是不信,却又找不出证据反驳他,只好任凭三哥眉飞色舞在院子里大讲一通,仿佛是他亲眼所见。

祖父慢慢悠悠地从外面回来,摇着一只大蒲扇,听见三哥讲故事,不由过来插嘴。

"老三,不要胡说八道,哪里有什么不

穿衣服的死人！"

我立刻丢掉沮丧，变得高兴起来。

"原来你说的都是假的啊，哈哈。"

"不是假的，松伟说他爹亲眼看见的，还说那个人泡得都肿了，不信你去问松伟。"

三哥一着急总是抓耳挠腮，好像有一大堆蚂蚁在他身上爬。我才不去问松伟呢，既然祖父开口作证，那我就有足够理由去嘲笑三哥。

"假的假的，你就不要再编啦！"

祖父本来已经走过去，现在却忽然转过身来，手里摇着那只破旧的大蒲扇，一本正经地告诉我们：

"老三其实也没说错，河里是漂来个死人，但衣服是穿着的。"

于是我和三哥打了个平手，谁也不能压住对方，只好安静下来，坐在屋檐下呆呆看天。

连续几天了，阳光那么热烈，几乎要把人晒晕。走在大路上，凉鞋的塑料底子仿佛要化掉。如果胆敢到田里去，那就更糟了，广阔的玉米田会喷出一股股热气，呼呼地往人身上吹，想把人蒸熟，而无数的小飞虫铺天盖地,能把人整个裹起来。祖父说,这是坏年景,好人要遭殃,坏人会得势,地里寸草不生,也打不了粮食……

"怎么打不了粮食?你看看玉米棒子都长多大了!"

父亲从田里回来,扛着几棵玉米,扑通扔到了院子里。

祖父不以为然,继续他的理论。

"那么多小飞虫、蚂蚱,就知道要大旱,旱起来,这些玉米棒子都长不成……"

当天晚上,天上下起了瓢泼大雨,伴随着呼啸的狂风。大风把雨水吹得乱了套,我躺在床上,觉得天空中站满了人,不知道是神是鬼,正围成一圈,端着一盆盆的水往我家院子里倒,有的倒在了房顶上,有的倒在了枣树上,还有的干脆直接泼在了窗玻璃上。父亲半夜爬起来,想去院子里收拾东西,母亲拦住了他。

"这么大的雨,该淋的早淋透了,还收它干什么!"

天刚亮,拴在支书房顶上的大喇叭就呜里哇啦叫了起来。

"喂,喂……全体社员注意了,全体社员注意了,河里要来水了,大人要看住小孩儿,不要跑到河里去玩水,不要跑到河里去玩水……"

吃早饭的时候,父亲问祖父:

"你不是说要大旱吗?看这雨下的,整整一夜。"

"不旱就得涝,等着看吧,河里的水要出槽。"

祖父说完,放下饭碗出了院门。

快到中午时,三哥带来了那个裸体女尸的吓人消息。

消息被戳破了,三哥似乎不甘心。呆坐半天,他忽然开口说话。

"我们去河边看看吧。"

"不行,会挨揍的。"

"又不下水,就站在边上看看。"

"那也不行。"

"你是没种吧?"

三哥说完这句很有种的话,起身走了。我盯着他的背影,琢磨着是不是去告他一状,可我琢磨了半天,也没下定决心。

二

"如果河水流到村里来,该怎么办?"

"逃跑啊!"

"跑到哪里去?"

"大堤上,那里很高……要么继续往外跑,一直跑,一直跑,跑到山上就行了。"

四叔努力装得像个大人,说话时声音很大,故意粗着嗓门儿,最后还不忘加一句:

"你们这群笨蛋!"

可是山在哪儿,长什么模样,谁也不知道,经常把山挂在嘴边的四叔也不知道。但是四叔嘴很硬,谁也争不过他。

"小铁山,你才多大?我吃的盐比你喝的水还多!"

"小银山,你没吃过猪肉还没见过猪跑吗?我没爬过山就不知道山长啥模样?"

"小立山,三百里就是三百里,不信你问你奶奶去,我就是听她说的:'李老三,我问你,你的家,在哪里?我的家,在山西,过了河,还有三百里。'听听,过了河,还有三百里。"

"小松伟,你别……你想……你……给我滚蛋!"

松伟虽然是四叔的侄子,可也不会听见"滚蛋"两个字就赶紧滚蛋。四个人坐在屋檐下,忽然陷入沉默。一丝细微的风仿佛从树叶缝隙中漏下来,在院子里转悠,我感觉到它时,它已经快消失了。太阳高高地挂着,黄昏还很遥远,我觉得所有东西都晒蔫了,连黑子都晒蔫了,趴在角落里一动不动,只顾吐着长舌头。我看见黑子,就觉得口渴。

铁山没忍住,又开始发问了。

"那你说怎么逃跑吧?"

"坐船啊,有船就行了,笨蛋。"

没有人见过船,于是我们决定折一只纸船。三哥早就从他姐姐那里学会了折纸船的技术,他隔三岔五就抱来一条纸船,扔到我家水缸里,让它漂上一阵子。可是他守着造船的秘密,死活不肯说。四叔威胁他,不说也行,但是去河边偷苹果的时候他就不用去了。三哥想了两秒钟,答应了。

那天下午,我们围坐在屋檐下,把三哥

从家里偷来的一本《醉鬼张三》拆开,折成了几十条纸船。那些看上去几乎一模一样的纸船一字排开,在西屋的窗台下组成了一支白色舰队。弟弟跟着母亲去姥姥家了,他要是看到这些纸船一定会兴奋得上蹿下跳。想到这一点,我就觉得有些可惜。

纸船折烦了,我们开始折其他东西:纸飞机、纸老鼠、纸青蛙、纸鸭子……黄昏来临时,我学会了折"小偷上房":把一张纸对折了,中间折成三角形的屋顶,下面折成两根粗壮的柱子;屋子的形状折好之后,要把屋顶上的小三角剪下来,架在两根柱子之间——这个小三角就是"小偷";当两根柱子被人轮流抽动的时候,"小偷"就会向上爬,一直爬上屋顶,又从屋顶上它原来所在的那个缺口钻出来。

我和四叔的"小偷上房"无疑是折得最好的,而三哥和铁山的"小偷"费了很大力气,也爬不到屋顶上去。松伟嘛,就不用说了,等到天快黑时他也没弄明白该怎样让两根柱子动起来,于是气急败坏扯碎了房子,一声不吭,走了。

暮色四起时,母亲和弟弟、妹妹终于回

到家中，院子里热闹了起来。不出所料，弟弟被那一队纸船惊得目瞪口呆，在确认我可以送给他之后，那五十多条船立刻被他丢进了水缸里，然后他的屁股上重重地挨了一巴掌。奇怪的是，他竟然没有哭。

我的"小偷上房"得到了祖父的赞扬，但是父亲盯着那只小小的三角，慢慢悠悠地说了一句话："三天不打，上房揭瓦。"母亲跟着补了一句："小时偷针，长大偷金。"这两句话让我胆战心惊，一晚上都没睡好。

三

河岸上静悄悄的，一个人影儿也没有。可是两天前这里还是人来人往，络绎不绝，好像河里在唱戏，戏台已经搭好，就差演员登场了。

昨天祖父说，漳河里好多年没有来过这么多水了，所以那么多人大惊小怪，像见了多大的稀罕事儿。"这点水算个屁，你要知道六几年的时候，河水出了槽，大堤内的所有村子都泡在了水里……"每到夏天，当河里要来水的消息远远传来，祖父就会显得有些激动,那场发生在"六几年"的洪水已经被他说了很多次,可是好几年了,河里一滴水也没见到,祖父再怎么说自己游泳厉害,都像是在吹牛。

"村子泡在水里又能怎么样?该吃还得吃,该睡还得睡。不吃也不睡的时候,我就去游泳,从我们的村子一直游到连庄,抱住一棵树休息一会儿,再游回来。"

我不知道祖父说的是不是真的,但还是把他的话告诉了其他人。很多人都不信,尤其是四叔,他瞪着眼想了半天,还拣根树枝在地上划拉了一通,最后一本正经地告诉我,祖父说的全是假的。"走到连庄都快一个钟头了,他游过去再游回来要多久?半路上累也累死了!"四叔说得或许有道理,毕竟他用树枝算了半天。可是父亲曾经告诉我,祖父的游泳技术的确是很厉害的。

"你爷爷年轻的时候,游泳技术没人能比。别人去镇上赶集,都是步行,因为要从河里游过去,只有你爷爷骑着自行车,到了河边,衣服一脱,扛起自行车就游过去了。"

河岸上静悄悄的,只有我们四个,像四条狗蹲在玉米田边窄窄的阴影里。河水也是静悄悄的，两天前河水就停止了流动，整条河变成了一个巨大的长条形的池塘。我们以为有人在河里游泳，可是没有人。或许正午太热，那些游泳的人都没有出来，他们在等待太阳西斜，空气变凉。"也可能是他们有人管着，不敢出来。"三哥一边说，一边往河里扔了一块砖头。砖头入水的声音很闷，咕噜一声，好像一只青蛙钻了进去。

松伟赶紧问："大人也有人管吗？"

松伟从家里跑出来的时候，撒谎说是去铁山家看电视，可是铁山家就在松伟家隔壁，万一松伟他爹去串门，可就糟了。

四叔到底见多识广，街上的事情知道不少，骂松伟的时候也是理直气壮。

"你这个笨蛋，大人就没人管？你娘管不管你爹啊？瞧你爹那怂样……昨天张三要去河里游泳，也被他媳妇骂了，你们不知道吧？你们这群笨蛋……张三那怂样跟你爹差不多，都快跪下磕头了。"

阳光砸在河面上，看上去河水似乎被晒成了热水，凑近了一摸却是凉凉的。没有人敢提下水的事情，我们都很清楚，偷偷跑到河边已经冒了巨大危险，如果胆敢下水……

安家老三的下场早已传遍全村，据说他的腿啊……他爹下了狠手，真狠啊，那么粗的棍子都打断了……

我们站起身，正准备往回走，松伟忽然小声说道："你们看那儿！"

顺着松伟手指的方向，河水像拉链一样被拉开了——几个人猫着腰从对岸的玉米地里钻出来，轻轻跳进河里，游向离我们只有一百多米的地方。他们竟然每人都抱着一个西瓜！四叔赶紧下命令："趴下，看看是谁！"

看清楚了，是安家的几个家伙，没想到他们会游泳，而且还抱着西瓜！四叔显然有些不服气，说话时咬牙切齿的。

"妈的，大人会游泳有什么了不起？安老三怎么不来？被他爹打死……"

"安老三来了……"

铁山接口说道。

安老三来了，只不过没有过河，他一直守在河边的玉米田里，等着那几个只穿着短裤的家伙把西瓜从对岸偷回来。茂密的玉米叶子挡住了我的视线，我只是隐隐约约看到了安家老三戴着草帽的脑袋，看不到他的腿，不知道他爹到底把他打得有多惨。

当天晚上,松伟被他爹揍了一顿,因为他答错了一个问题。他爹问他看了什么电视,他说《西游记》,答对了;他爹又问哪一集,他说"盘丝洞",其实演的是"女儿国"。据说松伟被揍得不轻,不过他愣是什么都没说,坚决不承认自己去了河边,也没说跟谁在一起。他说,自己是去玉米田找马泡,找着找着就睡着了。

四

又一场雨水过后,村里的几个大坑都蓄满了水,变成了青蛙的世界。青蛙们可能商量好了,白天的大多数时候,它们咬紧牙关,一声不吭;可是一到夜里,它们就鼓起肚子,一口气喊到天亮。天气热得睡不着,我躺在东屋房顶上,一边摇着纸扇,一边听着青蛙的叫声,眼前闪现出一万只青蛙大张着嘴巴的场景。我有时会想:如果忽然丢一块砖头到水塘里,会怎样呢?

七月的夜里,喜欢发出声响的不只是青蛙,还有玉米。祖父说,玉米喜欢在夜里拔节，声音很响，如果有胆量走夜路，就能听见它们发出咔吧咔吧的声音，有的远，有的近，好像有很多人正在玉米田里爬。"这时候千万不要跑，要不然会把自己吓到！"

我可没兴趣半夜到玉米田去跑，可是白天的时候，那里还是有很多乐趣的：没有长出棒子的玉米秆很甜，可以一把扯断，当甘蔗啃；最粗壮的玉米有好几层根，离地面一尺高的地方就开始生出根须，拼命往土里扎，看上去像一把小伞，伞下面有时会蹲着一只青蛙……青蛙当然是不容易捉到的，它们有腿，听见动静就跑。可是有些东西不会跑啊，比如偶尔出现的一两棵野黄瓜，它们只会抱住玉米往上爬，爬着开花，爬着长黄瓜……

我是跟着松伟找到黄瓜的。

整个暑假，这家伙像疯了一样，每天都在东边的玉米田里钻进钻出，翻找出一堆堆稀奇古怪的东西：拳头一般大的马泡，外面裹着西瓜一样的花纹，摸上去很硬；长得奇形怪状的玉米棒子，里面包着一堆黑色粉末，摔在地上会发出嘭的一声，粉末四处飞溅；几乎和小孩一样高的"酸不溜子"，叶子嫩黄，嚼一片能把人酸得嘴歪眼斜；巨大的"野绿豆"

卧在碧绿色的壳子里,有一种很好闻的味道,可是非常苦……松伟一遍遍把这些东西从玉米田里抱出来,随便丢在某个角落,任凭它们慢慢枯萎、死去,或者被某个家伙偷走。

那天下午,我在村庄东面的小路上撞见松伟时,他刚刚从玉米田里钻出来,正在啃一根黄瓜。我的出现让他大吃一惊,差点儿又钻回去。这家伙怎会知道,我已经盯他好几天了,早就料到他会从这里钻出来。

"站住……黄瓜哪来的?"

"野的啊……"

"野黄瓜会长这么大?你骗我,我告诉你爹。你是偷的!"

"不是,就是野的……"

"真是野的?"

"真的……"

"那你带我去看看。"

"好吧……"

海水一样的玉米田无边无际,钻进去就像进了迷宫,而且只能弯着腰,像狗一样在两排玉米之间穿行,否则宽大的玉米叶子会不停地划在脸上、脖子上、胳膊上,留下一道道细小的伤痕，被汗水一泡，又疼又痒。往常我最不愿意到玉米田里去，因为里面一丝风也没有，钻进去就是一身大汗。我总是想尽一切办法逃避到玉米田里去干活，装病，假睡，谎称有作业，可是这些办法早已不管用了，父亲冲我狠狠瞪上一眼，我就得老老实实拐起篮子，到玉米田里给猪挖野菜，因为据说那头猪是给我养的，没有猪我就没钱去上学。每当这时候，老祖母就会轻轻地劝我，让我快去快回，并且很高兴问道：

"你知道世界上哪里最凉快吗？"

"知道知道，玉米田边上，厨房门口……你都说过一百遍啦！"

往常我很少到玉米田深处去，我总是随便找一块玉米田，随便钻进去，随便铲几棵野菜，随便把篮子底儿盖上，就匆匆忙忙往回赶。可是松伟一直把我带到了很深很深的地方，我不知道究竟有多深，可我能感觉出来。我觉得很累，腰很疼，似乎就快断了。后来我开始爬，我跪在潮湿的泥土上，咬着牙，一步一步往前爬。松伟已经离我很远了，我看不见他，只听见玉米叶子发出哗啦哗啦的声响。我跟着那声响往前爬，越爬越懊恼，不知道自己为什么非要爬到这鬼地方来。有那么一小段时间，我担心松伟会不会突然跑掉，把我丢在玉米田深处，连回家的路都找不到。这么想着，我感觉天忽然黑了，玉米田里安静得吓人，往上一看，什么都看不清，只有黑魆魆的玉米叶子，一动不动飘浮在空中……我急得大叫：

"松伟！"

"哎呀，别喊！"

松伟忽然像从地下冒出来一样，趴在我面前，冲我摇手。

我坐起来，定了定神，看见下午的阳光依然热烈，而松伟并没有逃走，顿时放心不少。再往四周一看，一小片玉米早已被人砍倒，整齐地铺在地上，简直就像一张床，旁边还堆着几块西瓜皮。我刚想问松伟是什么时候把这里铺好的，那家伙忽然向我招手："你过来看！"

直到这时候我才发现，我们已经穿越了村庄东面的整片玉米田，来到了一处菜园的边上，过了菜园再往东不远，就是漳河，我已经闻到了河水的味道，里面裹着一丝淡淡的腥味。菜园的主人显然费了不少心思，他把那些黄瓜、豆角、茄子、西红柿种在玉米田深处，以为没人能发现，不料却被松伟找到了。我坐在地上，一边喘气，一边眼睁睁看着松伟大摇大摆走进菜园，四处翻找。我紧张得要命，他却不慌不忙，一会儿掀开西红柿的叶子，一会儿翻开黄瓜的秧子，就像在自家菜园里一样。最后，他扛着一条粗壮的黄瓜钻了回来。

"妈的，你不怕别人看见啊？"

"谁看见？没人啊。"

"没人看？"

"也有人看，是后屯的人，他隔两天来一次。河里这么多水，他得游过来啊，多费劲。"

我忽然想到，如果这是祖父的菜园，那松伟一定会被抓住。祖父游泳技术那么好，过河跟走路一样，他一定会天天来。可是祖父从来没想过种一片菜园，他每天要做的事情就是打牌、打牌、打牌，输钱、输钱、输钱……不过，就算祖父想种菜园，也不可能跑到河对岸去，那里没有我们的地。

五

那根偷来的黄瓜实在太大了,我没能一口气吃完,剩下的一半,既不舍得扔掉,又不敢带回家里,就用玉米叶子裹了,藏在门外的砖垛里,上面又盖了一些青草。

第二天早晨,我支开弟弟,把剩下的半根黄瓜翻出来,躲在砖垛后面啃。还没啃几口,忽然听到一声大喊:"立山!"吓得我差点儿把黄瓜扔地上。扭头一看,三哥正站在房顶上恶狠狠地往下看。我没理他,三下五除二把黄瓜吞进肚里,转身回家。他一定会来告状的,无论我说什么,给他什么好处,都没用。

早饭还没吃完,三哥来了,背着手,倚在厨房的门框上,蹭来蹭去。

我抱起饭碗,把脸埋进去,装作没看见他。

父亲开始问话:

"老三,啥事儿,说吧?"

"没事儿……"

"不可能!"

"嗯……我看见你们家立山偷吃黄

瓜……"

"黄瓜还用偷吃?啥都缺,就是不缺黄瓜。你吃不吃?去厨房里拿吧。"

"我有啊!"

三哥从背后摸出一根黄瓜,咔嚓咔嚓地啃了起来。

我松了一口气,若无其事地吃完饭,故意晃进厨房,拎了一根黄瓜,招呼三哥出去玩儿。

"三哥,去找铁山吧!"

还没等三哥回答,父亲又发话了。

"别走,回来!"

完了,还是饶不过……

"我不问了,你自己说吧,怎么回事?"

"没事儿啊!"

"没事儿?"

"没事儿……"

"那砖垛里的黄瓜谁藏进去的?你以为我不知道?"

"啊……"

"啊什么啊,早晨去拴驴的时候我就看

到了。你也够笨的,弄一堆青草盖上去,驴一口就给衔下来了。"

我这才想起来,刚才去找黄瓜的时候,的确没有看到青草。

"嗯……就半根黄瓜……是松伟给我的。"

"松伟从哪弄的?"

"就是他家种的。"

"他家种的你藏什么?说实话!"

"是啊,快说实话!"这是三哥的声音。我恨得牙痒,真想上去踹他一脚。

现在该怎么办呢?承认是松伟带我去偷的?可是松伟他爹揍了他一顿,他都没承认跟我们去了河边,否则,我们也少不了挨一顿揍……不能把松伟供出来……我低着头,不说话,心里却翻江倒海,胡乱琢磨。

母亲开始说话了。她一开口,我就知道她要说什么。

"小时偷针,长大偷金。立山,我给你讲过多少次了?今天偷一分钱,以后就可能偷一百块钱!"

"我没偷钱啊!"

"偷黄瓜也不行，今天偷一根黄瓜，长大了就能偷一车黄瓜，就能偷一辆车，我看你是想坐监牢狱了！"

"我不偷车……"

"你别嘴犟，待会挨打的时候，你别后悔！"

"三天不打，上房揭瓦。"竟然是妹妹的声音！

这声音刚落下去，又传来了弟弟的声音：

"啊，我知道了！"

他跑回堂屋，翻箱倒柜，把抽屉弄得响作一团。我偷眼一看，父亲和母亲对视着，一脸困惑。

过了好一会儿，弟弟终于跑出来，手里举着"小偷上房"。可是"小偷"没了，只剩下"房子"。

"上房揭瓦，小偷上房揭瓦！"

三哥赶紧插话："你的'小偷'去哪啦？"

"不知道。"

"坐监牢狱了吧？哈哈。"

那天上午，我终于没能扛住，交待了偷黄瓜的全部经过。不过，我没敢说那片菜园在河边。我说菜园在村庄西边,眼看就要到大堤了。父亲摸着下巴想了半天,告诉母亲,那片菜园很可能是大霍庄的,说不定就是和我们吵过架的那一家人种的。母亲显得很生气,说那家人怎么那么不讲理呢,轧了我们家的麦苗,死不承认不说,还张口骂人。

"那些外村人,没几个好东西,偷他几根黄瓜也是活该……以后不能再偷了,谁家的都不能偷!你看看我们架上的黄瓜长多好,想吃随便吃,用得着去偷吗?"

六

几天后的一个下午,我们摸进了河边的果园里。这是一次密谋已久的行动,在河里来水之前,我们就做好了打算。三哥也去了,虽然我一再提醒四叔,三哥经常告密,但是三哥的理由很有说服力:"我傻啊,自己告自己?"

午后的田野像一个巨大的火炉,太阳烤着玉米田,玉米田喷吐着热气。一路上没有看见几个人,只在一片豆田边上,遇见正在锄草的张三和张四两兄弟。张三远远地打招

呼:

"那群家伙,去干吗?"

"找几棵高粱!"

这是我们提前想好的答案。

"笨蛋,现在哪还有高粱!"

你才是笨蛋!

看守果园的老头儿此时正在睡午觉。他一直住在果园北头的小房子里,不像那个菜园的主人,隔两天从河里游过来,把长成的蔬菜摘一摘,再游回去。苹果们刚刚长成个儿,离成熟还有些日子,那老头儿每天守在果园里,等着苹果成熟。我们也等着苹果成熟,但我们等不及了。据说安家老三他们也在筹划着去偷,如果被他们抢了先,那老头儿说不定就会看得更严,我们想偷也偷不成了。

果园西南角的篱笆被铁山扯开了一个洞,四个人猫腰钻进去。

钻进去,心里就开始狂跳,脚也不听使唤,不知道该往哪儿走。

四个人围住最边上的一棵树,哆哆嗦嗦摘果子。

四个人,光着上身。背心从下面系住,

做成了口袋。

不知道过了多久,四叔一声招呼,我们急忙往外跑。四叔最后一个从洞里钻出去,篱笆上的一根树枝绊了他一下。这时候,狗叫声传了过来。不会听错,是狼狗的叫声。

我们钻进玉米田,没命地狂奔。不知道跑了多久,不知道跑到了哪里,也不知道还要跑多远,直到四叔命令所有人停下来,趴在地上一动不动。狼狗没有追过来,它的声音离我们很远。也可能它追了一段路,又回去了。

钻出玉米田之后,我们才发现已经跑到了村子南头。我们爬下南大坑,躲进角落里,查看各自的收获。我的手一直在抖,数了两次才数清楚,一共十四个梨。一个苹果也没有。四个人偷的全是梨,像石头一样硬的梨,一点儿也不甜的梨。我们一口气吃完了所有的梨,把梨核丢进水里,回家。

第二天,我开始拉肚子,拉得很厉害,全身无力。

大伯很惊讶:"你们几个家伙吃什么了?怎么全部拉肚子?"

没人敢说。

其后的日子,四个人全都老老实实,哪儿也不敢去,整天挤在铁山家里看电视。《西游记》演完第一遍,又开始演第二遍,每天下午两集。大人们也看,一屋子人,热热闹闹。有时候停电了,众人一起大骂,然后赶紧搬出储电器,接上,继续看。

演到"女儿国"的那天下午,大人们忽然全部不见了。他们去了河里。据说张三和张四锄地锄累了,跳进河里游泳,张三沉了下去。张四爬上岸,跑回村里喊人。那天真热啊,又忽然停了电,我们不知道该怎么办,只好坐在大门口乘凉,听着蝉声发呆。

张三死在了那条河里。他会游泳。祖父说,淹死的都是会游泳的。

我们原本想等河里水少的时候,去河里放纸船,捞鱼,可是直到河水全部干涸,直到冬天来临,也没敢去。

风筝

一

"我要是给你讲个故事,就从我爹开始讲起。

"我爹是个勤快人,一辈子都在干活儿,耕地、浇水、收粮食,割草、放牛、喂羊……你知道的活儿,他都干过;你不知道的活儿,他也干过。比如挖河啊、炼土盐……你不知道什么是土盐吧?那时候盐不够吃,就自己炼盐,从地里刮些发白的土,用小车推回来,要好几车,在铁锅里熬啊熬,要熬很长很长时间,炼出来一小撮,还不好吃,很苦……嗯,是旧社会。

"他还会做风筝,一到春天,就把风筝放到天上去,很高,像云彩一样高……你别打岔,等我讲完。

"我爹是个木匠,手艺很好,四邻八乡都请他去做家具、打陪送……嗯,陪送就是出嫁闺女带的,说了你也不懂……棺材也要去做的,不是谁都有资格去做棺材。老人家都是早早把棺材做好,当宝贝一样放着,等着死了住进去,还要换一身新衣裳。死人都是在半夜住进去,然后要请木匠过去盖棺,把楔子打好。经常有人半夜把我爹叫走,去给人家盖棺……害怕?我不知道他是不是害怕,反正我不害怕。

"我也是木匠,你爹也是木匠,我们家世代都是木匠,从我爹那会儿开始,就做木匠,做木匠受人尊敬……做风筝用不着木匠,做风筝是个很简单的活儿……听我说完。

"对,是燕子风筝,也有蝴蝶风筝,还有老鹰,我爹都能做出来……待会儿再说这个!

"咱们老郑家不是本地人,是从河南逃荒逃来的。我爹说过,是他老老爷爷的那一辈儿逃来的……不逃不行,不逃就饿死了,发大水，庄稼都淹死了。他们往北逃荒，逃到咱们村，饿得走不动了，就住下来，不走了……老鹰风筝我也会做，可是我更喜欢做燕子风筝，燕子好啊，认门儿，去年住在咱们家，今年还住咱们家……你看那个窝儿，燕子就住那儿。

"可能饿死了很多人，啥时候我也不知道了。有些人名写在牌位上，一辈辈儿往下传，到我爹那是第五辈儿。我死了名字也得写上去，我是第六辈儿，你去看看……对对对，要写成'六世祖：郑朝选'……你是第八辈儿，还早着呢……做风筝是多简单的活儿，半天就做完了，你等我说完。

"我爹最后是累死的，他从地里放羊回来，还扛着一大捆青草。那时候天已经黑了，窗台上放着一盏油灯，一点儿都不亮，我娘没看清他的脸色。我爹说累了，休息会儿再吃晚饭，就坐在椅子上睡着了，睡着了就死了，没醒过来……羊当然回来了，放羊的能把羊丢了？可能有一群羊吧，我爹是个勤快人，一定养了不少羊。咱们家不能算穷，后来划成分差点划成富农，幸亏没划成富农……我爹是累死的，坐在椅子上，一闭眼就死了，最后一口饭都没吃……就是小椅子,跟你坐的一样,应该是杨木的……我不记得他长什么样子了,我忘了,很多事我都忘了……他做的风筝啊,怎么会留下来呢,一年做一次,放过就坏了,扔了,要么烧掉……

"行了,你去把竹耙子扛过来吧,我给你做!"

二

祖父在春天答应给我做一只风筝,可是到了秋天我也没能见到风筝的模样,而整个冬天大雪和狂风轮番来袭,我早已把风筝忘到了脑后。那个竹耙子被祖父拆开后,理成整齐的一捆竹条,竖在堂屋西头的屋檐下,蒙上了一层灰尘,又蒙上一层白雪,然后雪化了,又蒙上灰尘。一场春雨过后,祖父忽然瞥见那捆竹条,特意拎出来,在院子里晒太阳。

"再过几天就可以做风筝了。"

"几天是多少天啊?"

"就是四五天吧……你去看看槐花开了

就行了。"

两天后槐花们开了,我赶忙去找他。

"开始吧,燕子风筝……"

"我很忙啊……"

我一催他,他就摆出要出门的架势。看我不死心,便果真抖抖上衣,倒背着手出门去了。

"臭老头儿!"

我在他背后小声咒骂,母亲听见了,让我闭上狗嘴。

"谁骂他你也不能骂他!你爷爷对你可是没得说,这一家七八个孙子,就数对你最好。你刚生下来,你爷爷就给你做了个木头车子,不管春夏秋冬,整天拖着你在街上转来转去。你三哥和铁山可没这待遇。"

"不就是一辆破车子么……"

"不是破车子,刚做成的时候很好看。你大娘眼气得很,整天说你爷爷偏心。"

这一点我是知道的,三哥就总是盯着那辆木头车子眼红,说应该有他一份儿。后来这车子的轮子忽然都不见了,我一直疑心是三哥偷走的,可是没有证据。在弟弟还不会走路的那两年，每到收获时节，大人都去田间劳作，我就把他抱进没有轮子的木头车子里，任他在里面折腾哭闹，或者尿在里面。有一次，我和三哥、铁山、四叔他们突发奇想，把车子连同里面哭闹不停的弟弟运到了东屋房顶上。运上去很费劲，弄下来更麻烦。我们弄不下来，只好等着父亲回来，顺便挨一顿揍。

三月的天空中，稀稀拉拉飘着几只风筝，有两只去年就在天上飞了，翅膀上打着补丁。有一只很新，是安家老三的，做得很丑，看不出是个什么东西，安家老三用毛笔在翅膀上写了两个大字——"老英"。我原来以为那么丑的风筝肯定飞不起来，可是"老英"却稳稳当当在天上飘着，像长在那儿一样，一动不动。

安家老三收了风筝，故意绕个弯子从我家门前路过。

"立山，出来！"

"干吗？"

"你怎么不去放风筝啊？"

"我没有风筝。"

"自己做嘛，我的就是自己做的——看看，老鹰，老鹰啊！"

安家老三举着风筝冲我晃了晃，我差点笑趴到地上。

"老鹰？你说是老鹰？哈哈哈哈，是鸭子吧！"

"滚吧……鸭子你也不会做！"

安家老三很生气，扭头走了。我盯着他的背影看了半天，决定自己做一只风筝。

弟弟很兴奋，急忙把那捆竹条抱了过来。

那天下午，祖父听说我要自己动手做风筝，忽然变得十分热心。他搬来一个椅子，郑重其事地坐在我对面，点上一根烟，开口说道：

"做风筝最重要的是翅膀，然后是双脚，最后才是脑袋。你要先扎翅膀，两根竹条要绑结实，再向后弯一下，中间用绳子拦腰扯上。然后就该扎腿了，腿要长，像个八字，上头刚好在燕子的胸前交叉，交叉的地方要绑结实，绳子要细。最后做脑袋，是个半圆形，找个稍微粗一点的竹条，一弯就行啦，也要跟翅膀交叉，交叉的地方也要绑结实。都扎好了，再糊纸，最好是绵纸，我们家没有绵纸，就用粉连纸吧，粉连纸容易破。破就破吧，破了再糊……"

"你能不能帮我做啊？"

"哦……我有点儿忙啊，我要到地里去看看……"

"把翅膀扎好就行……"

"我得看看棉花发芽了没有……"

祖父站起身，出门去了。我看着地上的一堆竹条，觉得万分委屈。

老祖母拄着拐杖，像一只猫，慢悠悠地穿过院子。她要到门外去晒太阳，太阳去哪儿，她就跟到哪儿。我不知道老祖母为什么不替我说情，她如果一着急，冲祖父嚷一下，或许祖父就帮我做了。可是她什么也没说，她眼睁睁地看着祖父把我扔在院子里，然后像一只猫，沿着墙根走向院门。走到门口的时候，她忽然回过头来，叮嘱我：

"别哭啦，自己做吧，又不是什么难事。"

"我没哭……"

"你哭了……"

这是弟弟的声音。

"我没哭!"

"哭了……"

我头也没抬,一巴掌打到他脑袋上。

他哭了。

三

那年春天我终于做成了一只燕子风筝,可是它没能飞到天上去。它只是飞得比小学校的旗杆高那么一点点,就一头栽下来,散了架。此后我再也没有过做风筝、放风筝的念头,有些时候,我甚至看见别人放风筝,就一阵委屈,仿佛每一只风筝都在嘲笑我,就像安家老三在嘲笑我一样。

然后我读完了小学,到十里外的乡里读初中,读完初中,又到二十里外的县城读高中。我骑着那辆破旧的"永久"自行车,往返于学校和村庄之间,在不知不觉中告别了懵懂的少年时代。在那个似乎永远灰尘弥漫的小县城里,我想象不出未来是什么样子,却莫名其妙地盼着赶紧长大。于是我真的长大了。某一天,一个老太婆在村子里拦住我,像个巫婆一样要给我算命。

"你已经变声了,还有了喉结,你长大了,就快离开了,只有我能算出来你会去哪儿。"

"你怎么知道我会去哪儿?"

"我什么都知道。十几年前,我曾经在街上拦住你,让你往我的碗里撒尿,你毫不犹豫就尿了,那时候我就知道你会成器。你记得吧?"

我不记得,但母亲记得一清二楚。

"小孩尿可以治病,她要喝下去。"

我把这件事讲给一个女孩儿,她笑了很久。我喜欢这个女孩儿。那时候我们正在学校外面的麦田里看夕阳。黄昏来得轰轰烈烈,西天铺满了云霞,麦田上空弥漫着一丝清甜的香味。后来我们坐在田垄上,沉默了很长时间,直到她开口,让我给她唱首歌。我唱了一首《美人风筝》:"……随风儿飞呀飞,飞到他的身边;万语千言,明天呀明天会不会改变。每一天每一天,想着他的容颜;美人风筝就要飞上天,切莫断了线……"我唱歌的时候,那女孩儿红着脸,一言不发。后来天黑了,我们往回走,她问我有没有算命。我说算过了,我会去南方。她说,你等等我吧,等我们毕业，考上大学。

那时候我读高二。那一年春天，我父亲听了某个远房亲戚的意见，决定不再做木工活儿，转而做风筝去卖给城里人。三哥、铁山、松伟的家里都在做风筝。大人们商量好了，每家做够五百只风筝后，就打成捆，搭上长途车，到几百里外的石家庄去卖。那个远房亲戚说，在城里，风筝可以卖到五块钱一只。于是每到周末，我回到家，就要帮助家里做风筝。满院子的燕子风筝，一排排整整齐齐躺在地上，糊着干干净净的白色绵纸。父亲和母亲负责扎风筝骨架、糊绵纸，我和弟弟、妹妹拎着小桶，给风筝上颜色。

有一天，我问母亲，当初祖父为什么不帮我做风筝，母亲想了一会儿，不以为然地说：

"可能是他怕你大娘说他偏心吧。"

家里有了这么多的风筝，我却依然提不起放风筝的兴趣，只有弟弟不知疲倦，每个周末的早上，都扛着风筝跑到村头去放。他把风筝放起来，拴在某棵树上，回家吃早饭。我们坐在院子里，一边吃饭，一边盯着天空辨认。

"看，那个最高的就是我的。"

"那个绿的呢?"

"那是三涛的。"

"哪个是二庆的?"

"二庆的摔下来了。"

有一天,他没把风筝拴在树上,扛着回来了。

"看到没有,翅膀上这个大口子!"

"摔坏的吧?"

"不是不是,是老鹰叼坏的!"

"老鹰会叼风筝?"

"是啊,风筝飞得太高了,刚好有只老鹰飞过来,叼了它一口……"

我们都不信。

四

卖风筝的队伍离家仅仅两天之后,就从石家庄回到了村里。他们没能卖上好价钱。卖风筝的人太多了,他们只好以五毛钱一只的价格把风筝批发给别人,然后落魄不堪地回来。

祖父就在那时候陷入了双腿瘫痪的境地，从此只能在土炕上度过余生。他变得焦躁不安，时常大喊大叫。周末的夜里，我经常被他的喊叫声惊醒，感到毛骨悚然，盯着漆黑的屋顶久久不能入睡。隔天早晨，老祖母就会坐在屋檐下的小板凳上自言自语，抱怨那个一生好吃懒做的老头儿，年轻时没让她享什么福，到老了还要折磨她。

"听见没有，他说他看见他爹了——他爹连骨头不剩了！"

有些时候，老祖母又会显得心平气和，仿佛在和父母商量。

"他还是早点儿走吧，他走了我还能多活几年，还能帮你们做做饭，喂喂鸡。"

暑假快到了，我和那个女孩儿约定：放假前一天黄昏，去校外的玉米田边见面。约一次很不容易，因为她在隔壁班，我没胆量公然跑去找她，只能央求某位女生帮我递纸条。就在那天早上，学校里忽然响起急促的广播：漳河里要来水了，而且一定会出槽，所有学生马上放假回家，尤其家在防洪大堤内的同学，中午之前必须离校。

我急忙写了一个纸条，托人送到隔壁，

把约会时间改在上午十一点。

我像个傻瓜一样,在玉米田边等了两个小时,从十点到十二点,汗流浃背,饥肠辘辘。

那个女孩儿没有来。

这是一九九五年的夏天,洪水涌入了村庄,庄稼全部死去。整整一个暑假,我不再需要做任何农活儿,也没有任何地方可去,终日躲在西屋里看书,听郑智化的歌,给那个女孩儿写信。洪水完全退去之后,祖父的病又严重了一些,他的记忆变得支离破碎,说话时颠三倒四。有一天,我问他是否认识我,他盯着我看了很久,摇摇头,让我走近一点。我走近了,他瞪大眼睛,继续摇头。我心头一酸,准备走出去,他忽然喊住我:

"你是老大还是老二?"

"老大啊!"

"你不是老大,老大去当赤脚医生了。"

"那老二呢?"

"老二去工厂当工人,老三去当兵。"

另一天,我从祖父窗前经过,听见弟弟在里面逗他说话:

"说吧,你叫什么?"

"叫什么?你们这里的人这么奇怪,走亲戚还要通名报姓。"

"是啊,我得知道你叫什么。"

"你这个小孩儿真不懂事!"

"不说就不能安排酒席啊!"

"郑朝选,行了吧!"

"好吧……那你来我们村干什么啊?"

"唉,我妹妹嫁到这个村了,我来看她。可是天都黑了,也找不到她家。我娘让我给她送一件衣裳……"

弟弟嘿嘿笑着跑出来,向母亲描述这段对话,母亲说:

"他想他妹妹了。"

冬天到来时,黑子生了一场病,父亲从兽医那里买来药,拌在饭里喂它,它不吃。一天夜里,黑子在院中低声叫了几下,又拍了拍堂屋的门,父亲听见了,没有在意,第二天它就不见了。父亲找遍了全村,一无所获。那时候我长期住校,得知此事已是十多天之后。父亲和母亲一直以为它会回来,夜里听见院门响动,就赶紧爬起来去看。

可是它一直没有回来。

五

三哥、铁山、四叔都没有考上高中,他们读完初中之后各奔他乡。三哥去了一百多里外的邯郸,学医术,铁山后来也去了那里,读技校。四叔走得最远,他后来去东北当了兵。通往县城的路上,只剩下我一个人,骑着破旧的自行车,话越来越少,人越来越忧郁。

一九九七年,我到郑州读大学,算是去了"南方",但那个女孩儿早已忘记当初的约定。

我没有投入新环境、新生活的喜悦。我告别了所有人,告别了我熟悉的一切。一种强烈的背井离乡之感压抑心头,挥之不去。我感觉自己就像一只风筝,被一根很细很细的线牵着,飞得越高,越觉得慌张。

祖父就在那一年冬天离开人世,他活了不到七十岁。我寒假回到家里,"四七"已过。父亲解释说,怕我分心耽误念书,所以没有告诉我。其实我也不知道自己是否希望他告诉我,我不知道如果我回来参加祖父的葬礼,会不会显得过于冷静,哭不出来。

老祖母似乎终于松了一口气,她反复跟我说:"幸亏他走了,要不我也活不长。"

她还说,昨天晚上祖父又回来了,偷偷翻她放饼干的罐子。

"我一听就知道是他。"

她在夜里骂他,让他赶紧走,不要回来惊扰一家人。

去给祖父上坟时,我想起他曾经答应给我做风筝的事,忽然很想放风筝。父亲说:"谁在冬天放风筝啊,都是春天放。"

我不管不顾,回家找到一只风筝,叫上弟弟一起去放。

天气很好,像春天一样,风筝稳稳地飘在空中,一动不动。一群小孩儿围着我们,仰头盯着风筝,大叫大嚷。

我的祖母在二零零五年十月去世,那时我已工作四年多。

我在晚餐时分接到父亲的电话,他说:"你回来吧,见一面。不要太难过。"

我坐上车,穿过北京灯火辉煌的街道,赶往火车站。这巨大的城市就像迷宫,陌生得令人惶惑。很多年前,当父亲如我一般年轻时,也曾在这里寻找梦想,渴望在这里扎根。我的祖母也因此有机会来到这里,在天安门前照一张相。方方正正的黑白照片上,她站在父亲和大伯之间,腰还没有弯,站得笔直,似乎有点紧张。

十月,一年里最好的时候,玉米已经成熟,许多人家正在收获,田间、场院里、屋顶上,到处是金灿灿的玉米棒子。有些土地已经犁开,散发着泥土潮湿的味道,我看见一只野兔在上面飞奔而过。黄昏时,鸟群在田野上空翻飞,叫声热烈,我不知道是不是麻雀。

祖母陷入意识模糊的状态已经两天,她的视力消失了,看不见我,或许连我的声音都不能听到。但我知道她能感觉到我,当我握住她双手的时候,她用最后一丝力量抓紧了我。我希望她记得我小时候的模样,记得每一个孩子奔跑的身影,记得他们的哭泣、争吵和笑声。

我希望她感到安心。

后 记

二〇一五年元旦,当我在火车上写完这本书最后一章《风筝》的时候,火车刚好经过邯郸站。从这里下车,向东大约八十公里,就到了河北省大名县,我曾在县城度过三年的高中生活。那是个典型的北方县城,终日人声嘈杂,灰尘弥漫,却承载着我少年时代最美好的记忆。从县城向北十公里,然后向西穿过常年无水的漳河,就到了我的出生之地,一个名叫后磨庄的小村落。

从邯郸市到后磨庄,汽车只需两个半小时,但我每年最多只有一次走完这段路程。大学毕业之后,我人生的绝大多数时光都和这里不再有关系,它彻底变成了"故乡"。所谓故乡,就是你出生、长大但最终离开的地方。

那年春节前三天,我收到了林少华先生为这本书写的序言。他原本告诉我需要一个月时间，但仅仅十天，这篇序言就发到了我的邮箱里。林先生是个儒雅而又幽默的人，很亲切，喜欢开玩笑。他在序言中琢磨，我为什么要找他这个"正在老去和落伍的翻译匠写序"，而后又自问自答："想得起来的根据只有一个：我和他都出身乡下，都是从玉米地里钻出来，接着'钻'进城里的。"

林先生并不知道，我之所以冒昧请他写序，是因为我常年看他的博客，其中多有关于乡村的记述，于我心有戚戚。后来我在他的《异乡人》一书中，看到他又在自问自答："回到故乡我就是故乡人了吗？未必。"那么，从故乡的玉米地钻出来之后，我们到底变成了什么？林先生在《异乡人》的封面上引用了村上春树的话："无论置身何处，我们的某一部分都是异乡人。"

一九九七年，我第一次离家远行，到郑州读大学，开始写作。我发现自己只有远离故乡之后，才能真正去书写故乡。那时候我十分羡慕刘亮程那样的作家，可以在生长于斯的土地上，在缓慢到不可察觉的时光流逝中，一笔一画地描述自己看到、听到、呼吸到、触摸到的一切。

我为自己已然失落的故乡耿耿于怀。

二〇一四年,父亲告诉我,故乡那个名叫后磨庄的小村落有可能要整体搬迁。我意识到,是时候为故乡写一些东西了,否则,一旦这个村庄被夷为平地,那么对我来说,"故乡"作为一个概念可能都不复存在。

我选了十种小时候司空见惯的"老物件"作为叙事线索。它们有一个共同点,就是需要自己动手制作。于是我详细写出了每一种物件的制作过程,希望以此为我的文字增加一些可以触摸的质感和在场感。为了保证这些制作过程的可靠性,我在二〇一四年八月专门回到故乡待了半个多月,把每一种老物件完整地做了一遍,就像小时候做过的那样。当我把一只蝈蝈笼子制作完毕,挂在枣树上,父亲说,村里已经多少年没见过这种东西了。

书中所有出场的人物,都使用了原名;所有人物关系,都和现实中一模一样;书中出现的每一件事,都确凿无疑地发生过;他们说的每一句话,都曾经传入我的耳朵,只不过我可能会偶尔记错究竟是谁说了某句话。

总体上,我的叙述以时间为序,从每一章到整本书,从春到冬,从小学到中学,到最后背起行囊远走他乡。

林先生在序言中说，他感到诧异的是，"书中几乎没有形容词"，不管描写什么，"作者横竖不用（形容词），一味白描"。我在读到序言之前，并没有意识到这一点；读了序言之后翻检全书，居然真的没有形容词。我想，大概是因为我在写作时，内心已然不再纠结于"故乡人"和"异乡人"的身份之别吧。当我在意识中回到故乡、触摸故乡时，是用不着那些形容词的，就像我写到三哥、铁山、四叔，写到每一个人物时，并不需要刻意经营，他们就那样自然而然地、嘻嘻笑着出现在我面前。

这是我写过的最轻松的一本书，大半是在出差途中，在火车上写完的。

二〇二〇年，那个名叫后磨庄的村子终于还是消失了，变成了一片废墟。人们搬到了几公里之外的一个小区里，紧邻国道。祖父在世的时候，曾经梦想过这样的画面：住在楼房里，门前就是大路，通往远方的城市。

大概是因为新冠肺炎疫情的原因，我已经有两年不曾回去。

二〇一五年初，在林少华先生的书房里，

我告诉他，这本书大概半年内就出版了，不料一晃至今，竟然已经过去整整七年。由于各种原因，我没有在最初确定的出版社出版这本书。如今终于要出版了，心境早已和当初大为不同。时间终究会改变一切。

衷心感谢林少华先生；感谢具体兄在七年前为本书所做的设计；感谢北京印刷学院杨大禹教授和翟龙等同学师生团队为本书绘制插画；感谢韩松兄弟的举荐；感谢领读文化的康瑞锋先生！

二〇二二年二月十五日